KB266571

붉어지는 얼굴

붉어지는 얼굴

신현이 소설
붉어지는 ~ 얼굴
작은코도마뱀

★

순양예고에서 주최하는 제12회 전국중학생문예백일장에 참가 신청서를 냈다.

김상태가 같이 참석해 보자고 해서였다. 상태는 평소 책을 즐겨 읽거나 글을 쓰는 타입이 아니었다. 백일장이라니 뜻밖이었다.

나도 백일장에는 관심이 없었다. 그러나 상태와 함께라면 같이해 볼 의사가 있었다. 상태는 내게 어디를 같이 가자거나, 무엇을 함께하자고 쉽게 부탁하는 스타일이 아니었다. 우리는 친하지만 늘 붙어 다니는 그런 사이도 아니다. 말하자면, 서늘한 관계라고 자부할 수 있다.

주로 내가 상태에게 다가가는 편이다. 마음이 위축되거나 상의할 일이 있으면 나는 상태를 찾았다. 어떤 일에 대하여 다른 사람의 의견을 들어 보고 싶을 때도 상태에게 갔다.

상태와 함께 있으면 마음이 단단해졌다. 내 생각과 전혀 다른 상태의 의견을 듣고 있노라면, 바닥을 딛고 있는 두 다리가 튼튼해지는 것 같기도 했다.

백일장은 6월 14일에 열린다. 토요일이다.

백일장이라는 말에 처음에는 마음이 조금 갑갑했었다. 게다가 대회 참석이라니, 시험을 앞둔 것처럼 마음이 답답해지는 거다. 글을 쓰려면 마음이 자유로워야 되는 게 아닐까? 하는 생각이 들기도 했다. 물론 상태에게는 그런 마음과 생각을 드러내지 않았다.

참가 신청서를 제출하고 나자 새로운 마음이 생겼다. 글을 잘 써서 상을 받고 싶은 것이다. 대상을 받는 나를 상상해 보기도 했다. 공상에 가까운 상상이었다. 나 또한 책을 읽거나 글 쓰는 것을 좋아하지 않았다. 글을 잘 쓴다고 누구한테서 칭찬을 받은 적도 없다.

그러나 한번 시작된 상상은 자가발전하고 자기 증식하면서 무

성해졌다. 기분 좋은 상상이었지만 내게는 이성도 있었다. 이성은 상상을 진정시키려 했다.

전국에서 난다 긴다 하는 중학생들이 백 명 넘게 몰려드는 대회라고. 비교적 합리적인 이성이 내가 망각한 현실을 일깨워 주었다. 그런다고 당장 내가 대상을 받는 상상이 말끔하게 사라지는 것은 아니었다.

합리적인 이성이 이번에는 상상의 허술한 지점을 가리켰다.

이성이 가리킨 상상의 허점은 다음과 같다.

나는 글을 잘 쓰지 못한다. 그러므로 잘 쓴 글을 상상할 수 없다. 불가능한 상상이다. 내 상상은 겨우 내가 폼 잡고 글을 쓰고 있는 모습이나, 사람들 앞에 나가 대상을 받는 모습뿐이다.

상상이 자유롭다는 말은 거짓이다. 상상은 분명한 한계가 있고, 그 한계가 허점이었다.

이성으로부터 허점을 지적당하자 상상은 바로 풀이 죽었다. 상상은 이내 힘을 잃으며 거품처럼 꺼져 갔다.

백일장에 참석하기 위한 어떠한 노력이나 준비가 없었기 때문에, 풀 죽는 상상이 크게 안타깝지는 않았다. 대상은 그것을 얻기 위해 노력한 중학생들 가운데 하나에게 돌아가는 게 맞다.

상태도 백일장 자체에는 큰 관심이 없어 보였다. 그는 김한나가 주선하는 백일장 준비 모임에 참석하고 싶어 했다. 준비 모임의 참석 조건이 대회 신청자였다. 상태가 혼자 참석하기 뻘쭘하다며 내게 같이하자고 부탁을 해 온 것이다. 같이하자는 게 본대회인지 아니면 준비 모임인지 굳이 물을 필요가 없었다.

★

학교 끝나고 교실을 나서 교문 쪽으로 가던 길이었다.
상태가 첫 준비 모임의 날짜와 장소를 알려 줬다.
5월 31일, 토요일, 오전 9시부터였다.
장소는 깊은샘어린이청소년도서관 동아리실이다.
"토요일 아침 9시라고?"
내가 투덜거렸다.
토요일 아침 9시라니, 너무 이른 시간이었다.
"잠깐만."
상태가 주저 없이 김한나에게 전화를 걸었다. 어떻게 말릴 틈도 없었다. 내가 내뱉은 불만이 상태를 통해서 고스란히 김한나에게 전달되었다. 나는 당황했지만 어쩔 수 없이 두 사람의 통화가 끝나기만을 기다렸다.

8

김한나가 모임 시간을 그렇게 정한 까닭에 대해서 길게 설명을 해 주는 모양이었다. 상태는 눈을 빛내며 김한나의 말을 들었다. 얼굴에는 웃음이 차오르고 그것도 모자라서, 중간중간에 고개를 끄덕이며, 응, 그렇지, 그럼, 하며 추임새를 넣었다. 그런 상태를 보며 당황했던 마음이 수그러들었지만, 동시에 온 세상이 다 시들해졌다. 상태는 여자아이들 앞에서 하인을 연기하는 것처럼 굽실거릴 때가 있는데, 김한나에게 유독 심했다. 얼마나 심한가 하면, 옆에 있는 내가 소외감을 느낄 정도였다.

한번은 왜 그러는 거냐고 물은 적이 있었다. 하인 같다고 해서 미안하다고도 덧붙였다.

"미안할 것 없어. 나는 말이야, 멋진 여자의 하인이 되고 싶을 때가 있거든."

상태가 진지한 얼굴로 말했다.

나는 그때 너무 어이가 없어서 웃지도 못했다.

상태가 통화를 끝마쳤다.

"본대회가 토요일 오전 9시 30분에 시작하잖아. 9시까지는 순양예고에 가야 된대. 그것을 미리 연습하는 셈 치면 된다고 전해 달래."

상태가 눈웃음을 여전히 풀지 못하면서 말했다.

김한나는 우리 반 반장으로, 야무지고 빈틈이 없는 성격이었다.

“알았어.”

시들해진 세상이 되살아나지 않아 나도 시들하게 대꾸했다.

교문을 나선 후 우리는 바로 헤어졌다. 상태는 학원으로 갔고 나는 딱히 갈 데가 없으므로 시들한 세상을 구경하면서 집으로 향했다.

첫 준비 모임이 열렸다. 네 사람이 모였다.

김상태와 김한나와 강향아와 나.

강향아와는 처음 만났다. 김한나가 서로를 소개해 줬다.

강향아는 순양여중에 다니는데, 김한나와는 유치원 때부터 친구 사이라고 했다.

상태와 나는 강향아와 가볍게 눈인사를 나눴다. 강향아는 눈이 아주 컸다.

“둘도 없는 친구야.”

김한나가 덧붙였다.

"우리도 너희처럼 둘도 없는 친구야."

상태가 김한나를 뒤따라 말했다. 말하면서 내 어깨에 팔을 둘렀다.

김한나와 강향아가 서로를 마주 보며 웃었다.

김한나는 강향아에게 나와 상태에 대해서 미리 이야기를 해 준 듯했다.

우리와 함께 모임을 할 의사가 있는가 강향아에게 먼저 물어봤을까? 상태는 강향아가 함께한다는 사실을 알고 있었을까? 나만 몰랐나?

김한나가 나와 상태에게도, 강향아와 함께하는 것에 대한 의견을 사전에 물었어야 한다고 생각했다. 야무지고 민주적이라고 소문난 김한나에게서 의외의 허점을 발견한 듯했다. 그러나 당장 따질 수는 없었다. 모임의 분위기를 망칠 게 뻔했다. 게다가 강향아가 참석하는 것을 상태가 미리 알고 있었는지 확실하지 않았다. 김한나가 강향아에게 이 모임에 대해 어디까지 이야기했는가 알 도리도 없었다. 무엇보다도 중요한 것은, 내가 강향아와 함께하는 것에 대해 아무런 불만이 없다는 거다.

김한나가 고양이가 그려진 헝겊 가방을 탁자 위로 올렸다. 가방 안에서 원고지 네 묶음과 검은색 볼펜 네 자루를 꺼냈다.

"새로 산 것은 아니니 부담 갖지 않아도 돼."

원고지 위에 볼펜을 한 자루씩 얹으며 말했다. 그런 다음 원고지를 세 사람 앞으로 쓱쓱 밀었다.

"작년 대회에 참석했을 때 받았던 것과 똑같은 것이야. 넉넉하게 사 두었어. 미리 연습하려고."

작년에는 원고지 쓰는 법을 충분하게 연습하지 못했다고 덧붙였다.

"머릿속이 꽉 막히고 손이 굳어 버렸어. 작년에는 망쳤어."

김한나는 순양예고 문창과에 들어가고 싶어 했다.

"작년에는 아무도 몰래 혼자만 준비했거든. 올해는 좀 다르게 해 보려고."

"열심히 하자!"

김한나의 말이 끝나기가 무섭게 상태가 두 팔을 높이 쳐들면서 외쳤다.

나와 강향아는 소리 내어 웃었는데, 김한나는 눈살을 찌푸렸다.

"상태 너, 학교에서처럼 장난치면 안 돼. 준비할 시간이 별로 없다고."

김한나가 톡 쏘아 주었다.

상태가 슬그머니 두 팔을 내렸다.

"미리 알려 줬다면 준비해 왔을 텐데."

내 쪽으로 밀려온 원고지를 잡아당기며 말했다.

"미안해. 미처 말하지 못했기 때문에 세 사람 것도 준비를 해 온 거야."

김한나가 사과를 했다.

사과까지 할 일은 아니었다. 나로 말할 것 같으면, 모임을 위해서 한 일이라곤 한 가지도 없으면서, 이런저런 불만만 있던 사람이었으니까. 양심이 찔려서 가만히 있을 수 없었다.

"네가 미안하다고 하면 나는 어떻게 하나? 신청서 쓰는 법을 알려 준 것도 너고, 모임을 위해 연락을 주고받은 것도 너고, 동아리실 예약한 것도 너고, 원고지와 볼펜을 준비해 온 것도 너잖아. 앞으로도 우리에게 이것저것 알려 줄 거잖아. 나는 그냥 아무 준비 없이 와 앉아 있을 뿐인걸 뭐."

김한나가 한 일을 하나하나 나열해 줬다. 그러면서 나는 찔린 양심의 속박에서 차츰 벗어났다. 고맙다고 말해야 할 텐데, 말투는 꼭 무엇을 따지는 듯했다.

"그렇게 말해 주니 고마워."

김한나가 웃으며 말했다.

내가 미처 하지 못한 고맙다는 말을 김한나가 대신했다.

나는 그것도 따지고 싶었지만, 입을 다물었다. 얼굴이 확 달아올랐기 때문이었다.

"그럼 원고지 쓰는 법 먼저 연습하자."

김한나가 원고지 표지를 넘기면서 말했다.

"너, 시 쓴다며?"

상태가 맞은편에 앉은 강향아에게 불쑥 말을 걸었다.

원고지 표지를 넘기며 강향아가 상태를 마주 봤다.

김한나가 얕은 한숨을 내쉬었다.

"나도 시를 쓸까?"

상태가 삐딱하게 나가기 시작했다.

"신청서 바꿀 수 있을까?"

신청서에는 운문과 산문, 둘 중 하나를 선택하게 되어 있었다. 나와 상태와 김한나는 모두 산문을 선택했다.

"한번 제출하면 수정은 불가능해."

김한나가 단호하게 말했다.

"아, 시를 쓴다고 할걸."

상태가 손바닥으로 탁자를 내리치며 탄식하듯 말했다.

이제는 더 이상 상태를 말릴 수 없을 듯했다.

상태가 아무도 모르는 곳을 바라보는 듯한 눈을 하고, 자리에서 천천히 일어났다.

두 팔을 앞으로 뻗고서, 동아리실에서 활개를 치기 가능한 너른 곳을 향해, 괴상한 걸음으로 걸어 나가기 시작했다.

지그지그장지그

지그지그장지그

장지그장지그

지그지그장지그

엉덩이를 뒤로 쭉 빼고, 몸을 들썩들썩하면서 입장단을 맞추었다.

나와 김한나는 교실에서 자주 보던 모습이었지만, 처음 본 강향아는 손뼉을 치며 웃었다.

강향아의 반응에 응답하듯 상태는 노래를 부르기 시작했다.

원숭이는 잔나비

잔꾀는 토생원

원수는 외나무

다리에서 만나자

"야, 그만했으면 좋겠는데."

김한나의 눈치를 살피며 내가 말했다.

김한나의 얼굴이 점점 안 좋아졌다.

"야, 그만해!"

소리쳤으나 소용없었다.

강향아는 어깨를 들썩이며 더 큰 소리로 웃어댔다.

김한나가 끝내 폭발했다. 손바닥으로 탁자를 치면서 자리에서 일어났다. 상태는 동작을 멈추었고, 강향아의 웃음은 잦아들었다. 김한나는 말없이 자리를 떴다. 웃음을 완전히 멈추지 못한 강향아가 서둘러 그 뒤를 따랐다. 동아리실은 출입문도 유리였고, 출입문이 있는 벽도 유리였다. 우리는 두 사람의 뒷모습이 보이지 않을 때까지 바라봤다.

상태는 그대로 선 채였고, 나는 자리에 앉아 있었다.

"내가 좀 심했나?"

상태가 중얼거렸다. 당황한 눈치였다. 김한나가 교실에서와는 다르게 반응했으니까.

교실에서는 상태가 원숭이 같은 춤을 출 때마다, 김한나도 다른 여자아이들과 마찬가지로 웃으면서 좋아했었다.

"가방을 두고 갔으니까 다시 돌아오겠지."

두 아이의 가방을 보며 내가 말했다.

강향아의 가방은 의자에 놓여 있었다. 김한나의 가방은 의자 등받이가 짊어지고 있었다.

"가자!"

상태가 앞장서며 말했다.

"어딜?"

자동적으로 뒤따르며 물었다.

"찾으러 나가자고."

상태와 나란히 걸으며 그의 속내를 물었다.

"찾아서 어쩌려고?"

"정중하게 사과를 하고 열심히 하겠다고 말해야지."

"열심히 하겠다는 말은 하지 않는 게 좋겠다."

상태가 아까 열심히 하겠다고 말하며 팔을 번쩍 들어 올릴 때, 김한나의 표정이 썩 좋지 않았다. 장난으로 여긴 것이다.

"그럼, 김한나의 지시를 잘 따르겠다고 해야지."

"지시라는 말은 쓰지 않는 게 좋겠어."

내가 다시 조언했다. 진지하지 못하다고 할 가능성이 있었다.

"김한나의 의견을 무조건 존중하겠다고 할게."

"무조건을 빼는 게 낫겠어."

또 한마디 했다.

"그럴게."

상태가 말했다.

핸드폰을 미처 챙기지 못했다. 동아리실을 돌아보았다.

깨질 듯 위태로운 준비 모임처럼, 의자 네 개가 제멋대로 각기 다 다른 방향을 향하고 있었다.

"핸드폰 챙겼냐?"

핸드폰을 챙기러 가는 대신 상태에게 물었다.

"어."

핸드폰은 하나면 충분했다.

나는 동아리실로 돌아가지 않았다.

우리는 도서관 건물을 벗어났다.

★

뉴질랜드에서 만든 색연필을 선물 받은 적이 있다. 투명한 케

이스 안에 색연필 다섯 자루가 들어 있었다. 연필처럼 칼로 깎아 사용하는 색연필이었다. 색연필에서는 짙은 나무 향이 났다. 나는 그 향이 좋아서 책상에 다섯 자루를 모두 꺼내 놓고 즐겨 사용했다. 색연필이 점점 작아지는 것을 아쉬워하면서도 끝까지 다 썼다.

색연필과 그 주위를 맴돌던 나무 향은 이윽고 사라지게 되었지만, 내 기억에는 분명하게 남았다. 그것들은 마치 사라지면서 내 기억으로 숨어들 듯 스며들어 온 것 같았다.

색연필은 다섯 자루였지만, 열 가지 색이었다. 양쪽 끝에 각기 다른 색깔의 심이 나와 있었다.

빨강과 파랑, 연분홍과 하늘색, 고동색과 검정, 노랑과 연두색, 주황과 초록이었다.

색연필이 점점 작아지면 나는 두 색깔 중 어느 하나를 선택해야 했다. 색연필에 맞는 깍지를 살 수 있었다면 이야기는 달라졌을 것이다. 깍지를 양쪽에 번갈아 끼우면서 두 색을 다 사용할 수 있을 테니까. 그러나 색연필에 맞는 깍지를 구할 수가 없었다. 어쩔 수 없이 플라스틱 볼펜의 몸통 한쪽을 불에 달군 다음, 색연필에 끼워 깍지를 만들어 썼다. 그렇게 끼워 넣은 깍지는 다시 뽑아낼 수가 없었다.

그래서 깍지를 끼기 직전, 나는 한쪽을 선택해야 했다. 기분이 이상했다.

더 이상 색연필로 사용하지 말고 방향제로나 쓸까, 그러면 색연필이 줄어들거나 사라지지 않을 것이고, 어느 한쪽만 선택하지 않아도 되니까.

이런 궁리도 해 봤지만, 다섯 자루 모두 깍지를 끼워서 끝까지 다 사용했다.

백일장에 참석하느냐 아니면 포기하느냐.

김한나와 강향아를 찾아다니면서 나는 이번에도 한쪽을 선택해야 한다고 생각했다.

포기할까? 시원하고 깨끗한 기분이었고, 마음이 홀가분했다.

포기하지 않고, 만약에 준비 모임이 없어져도 혼자라도 참석한다? 준비 모임이 깨졌는데 나 홀로 참석한다면, 다른 친구들이 배신감을 갖게 될지 모른다. 준비 모임이 깨졌는데, 각각 따로따로 참석하는 것도 서로의 얼굴을 보기 민망할 것이다. 그러므로 백일장에 참석하는 것을 선택한다면, 준비 모임이 깨져서는 안 된다는 결론이 나왔다.

그뿐만이 아니었다. 참석을 선택한다면, 원고지 사용법도 익혀야 했다. 무엇보다 글을 써야 했다. 해야 할 일이 한두 가지가 아니었다.

"저기다."

상태가 속삭였다.

우리는 동시에 걸음을 멈추었다. 자작나무들 사이로 멀리 야외 공연장이 보였다. 김한나와 강향아가 공연장 무대에 걸터앉아 있었다. 무대 지붕 그늘이 드리워진 곳이었다. 그 아이들이 이상하게 작아 보였다.

나와 상태는 자작나무숲 사이로 난 길에 접어들었다. 길이 좁아서 내가 앞에 서고 상태는 내 뒤를 따랐다. 길도 자작나무처럼 색이 흰 벽돌이 깔려 있었다. 그 길에 들어섰을 때 나는 선택했다. 백일장에 참석하기로 결정했다. 준비 모임을 살려내야 했다.

"야, 그냥 포기할까?"

상태가 말했다.

나는 상태를 돌아보았다. 우리가 늘 한마음일 수는 없겠지만, 내가 참가를 결심하는 순간에 들은 말이어서 좀 놀랐다. 나는 걸음을 멈추고 돌아섰다. 상태도 걸음을 우뚝 멈추었다.

“여기까지 와서?”

내가 물었다.

상태가 눈길을 다른 데로 돌리며 잠시 고민하더니, 진심을 말했다.

“김한나하고 강향아가, 우리와 함께하는 게 싫다고 하면 어떻게 하지?”

이유는 분명하게 알 수 없지만, 상태의 어떤 말은 그 말의 내용과 상관없이 내 마음을 밝고 유쾌하게 만들어 줬다. 이 말도 그랬다. 웃음을 참기 힘들었다. 고개를 숙인 채 한동안 쿡쿡 웃었다.

“먼저 사과를 하고, 그런 다음 둘의 의견을 들어 봐야지. 별수 있냐?”

웃음이 수습되자, 내가 말했다.

“장난 좀 했다고 저렇게 토라질 건 또 뭐냐?”

상태가 여자아이들을 탓했다.

진심으로 사과하지 않는다면 그 아이들은 금방 눈치챌 것이다.

“지금, 누구를 탓하는 거냐?”

돌아서 다시 걸음을 떼며 말했다.

상태도 말없이 내 뒤를 따랐다.

“싫어하면 어떻게 하지?”

상태가 다시 입을 떼었다. 걱정이 많이 되는 모양이었다.

야외 공연장에 닿았다. 우리는 관객석 사이로 난 계단을 내려갔다. 계단은 무대 앞 둥근 공터로 이어지고, 공터를 가로지르면 곧바로 무대였다.

김한나와 강향아가 우리를 바라보았다.

상태가 내 곁으로 와서 우리는 나란히 서서 걸어 내려갔다.

“싫었다면 가방을 싸 들고 가 버렸겠지.”

상태를 안심시켰다.

“그렇지?”

“그렇지.”

“괜한 일에 널 끌어들였나 보다.”

“후회되냐?”

“아니, 그냥 미안해서.”

“그럼, 됐어.”

상태는 두 가지를 모르고 있었다.

하나는 내가 백일장에 참석해 보기로 마음을 굳혔다는 것이고, 두 번째로 내가 자신을 얼마나 소중한 친구로 여기고 있는가 하는 것이다.

계단을 다 내려왔다.

"어이!"

우리는 약속이나 한 듯 동시에 팔을 들어 손을 흔들었다.

마음껏 소리를 지를 수 있는 곳이었다.

"어이!"

소리를 내며 손을 흔드니 반가운 마음도 따라 일어났다.

강향아가 우리를 향해 손을 흔들며 빙그레 웃었다. 김한나는 여전히 굳은 얼굴이었지만, 모임이 깨지지는 않겠다는 생각이 들었다. 강향아의 웃음에서 희망이 엿보인 것이다.

무대로 오르는 계단이 무대 양쪽 끝에 있었다. 우리는 오른쪽 계단을 골랐다. 두 아이가 왼쪽 계단 가까이에 앉아 있었기 때문이었다.

상태와 내가 무대에 올랐다. 강향아와 김한나가 자리에서 일어섰다. 그러려고 한 것은 아니었는데, 네 사람이 마치 둘씩 짝을 지어 무대 양쪽으로 갈라서서 대치 중인 것 같은 꼴이 되어 버렸다.

★

　강향아는 김한나보다 머리 하나는 더 컸다. 동아리실에 있을 때에는 머리카락을 하나로 모아 묶고 있었는데, 무슨 까닭인지 그 사이에 묶은 머리를 풀어놓았다. 검고 긴 머리카락이 허리까지 내려와 있었다. 강하고 무겁게 느껴졌다. 무대 위는 바람이 잘 통했는데, 강향아의 머리카락은 바람에 날리지 않았다. 바람에도 끄떡없는 머리카락이라니. 나는 기분이 이상해지면서, 강향아가 시를 써서 그런가 보다 하는, 앞뒤 맥락 없는 생각을 했다.

네 머리카락은 바람 따위 끄떡없지

무겁지

무섭지

머릿속 맥락 없는 생각이 꼭 시 같았다.

“왜 이러는 거야?”
상태가 먼저 말을 던졌다.

첫말인데, 너무 도전적이었다.

내 머릿속 세 줄 시는 깜짝 놀라며 사라져 버렸다.

"몰라서 묻니?"

김한나가 고개를 옆으로 휙 돌려 먼 데를 보며 말했다.

"분위기를 좋게 하려고 장난 좀 친 것이 죄냐?"

우리는 사과를 먼저 하겠다고 상의한 것 아니었나?

내가 다급하게 끼어들었다.

"미안하게 됐어. 앞으로 진지하게 참석할게. 정말이야."

준비 모임을 유지해야 했다. 나는 몸을 옆으로 기울여 상태를 툭 쳤다.

"그래, 일단 장난친 건 미안하다."

상태가 말했다.

김한나가 우리를 마주 보았다.

"너희들이 하자는 대로 할게. 준비 모임을 그만하자고 해도 군소리 안 할게."

상태는 말을 이었다.

마치 최후의 말처럼, 자신이 가장 원하는 것에 대한 판정을 여자아이들에게 맡겨 버렸다.

김한나와 강향아가 동시에, 한몸처럼 다가왔다. 나는 하마터면 뒤로 물러날 뻔했다. 뒷걸음질을 하기 직전에, 들뜬 발뒷꿈치를 다시 꾹 눌러 바닥에 밀착시켰다. 아무도 눈치채지 못했다.

"끝까지 함께할 거야? 아니면 그만둘 거야? 다시 한 번 더 확답을 해 줘."

김한나가 상태와 나를 번갈아 보며 야무지게 물었다. 군더더기 말이 없었다. 단도직입했다.

"아, 그야, 당연하게, 함께, 끝까지 가는 거지."

김한나의 말이 끝나기가 무섭게 상태가 대답했다. 그것도 모자라서 말하는 중에 다짐을 두는 것처럼 고개를 한 번 힘차게 까닥했다. 얼굴에는 함박웃음이 번지고 있었다.

"그렇다면 좀 더 진지해졌으면 해."

"물론."

상태는 모든 긴장을 풀었다. 싱글벙글했다. 까딱하면 다시 장난을 칠 얼굴이었다.

김한나와 강향아가 나를 바라봤다. 김상태를 돌아보고 있던 나는 당황했다. 솔직히 나는 멋진 말을 하고 싶었다. 그런데도 말문이 좀 막혔다. 얼굴이 달아올랐다.

너무 시뻘게지면 안 될 텐데.

속으로 걱정했다. 게다가 심장이 빨리 뛰기 시작했다.

“세월이 흐른 뒤에.”

멋진 말을 하고 싶었던 사람은 나뿐만이 아니었다.

강향아가 이렇게 말했다.

세월이 흐른 뒤에.

말투도 옛날 사람들 말투였다. 예스럽다고 해야 할까?

덕분에 나는 구제됐다. 아이들의 시선이 내게서 거둬지자, 심장이 차분해지면서 안심이 되었다. 세 사람은 강향아의 다음 말을 기다렸다.

강향아는 말을 잇는 대신 옆을 돌아보았는데, 기다렸다는 듯이 그쪽에서부터 바람이 불어와 우리 사이를 지나갔다. 꿈쩍하지 않을 것 같던 강향아의 머리카락이 사르르 흔들렸다. 강향아가 볼을 스치는 머리카락을 귀 뒤로 쓸어 넘겼다.

아무리 기다려도 강향아는 더 말하지 않았다.

“세월이 흐른 뒤에, 우리가 지금을 돌아보았을 때.”

김한나가 나서며 강향아의 말을 이었다.

와, 김한나는 꼭 국어 선생님처럼 말했다.

강향아는 빙긋 웃었다. 상태와 나는 고개를 끄덕끄덕했다. 말이 더 이어지지 않아도 충분했다.

넷은 동아리실로 향했다.

여자아이들이 앞장섰고 상태와 나는 그 뒤를 따랐다.

"우리를 싫어하는 건 아니야."

상태 쪽으로 몸을 기울이며 낮게 속삭였다.

상태는 내 말에 고개를 끄덕끄덕했다.

나는 씩 웃었다.

★

"백일장에서 제시되는 글제는, 가까이 있기 때문에 우리가 크게 신경 쓰지 않는 물건이나, 현상이나 행위를 가리키는 단어들일 경우가 많아."

우리는 김한나로부터 백일장 대비 특별수업을 받고 있었다.

"운동장 택배 별명 유리창 금붕어 도서관 필통 교복 핸드폰 양말 손목시계 연필 낮잠 저녁식사 빵 책상 책가방 안경 신호등."

김한나가 손가락을 하나씩 꼽으며, 평범한 단어들을 길게 열거했다.

"이번에는 돌아가면서 한 단어씩 말해 봐. 너희들에게서 나온 말들 중, 마음에 드는 글제를 잡아서 글쓰기 연습을 해 보자."

김한나가 제안했다.

“체육복.”

강향아가 먼저 말했다.

“키링.”

내가 말했다.

강향아의 가방에 키링이 매달려 있었다. 분홍색 토끼 인형이었다.

“김한나!”

자기 차례가 오자 상태가 외쳤다.

나는 깜짝 놀라며 상태를 휙 돌아보았다.

다시 장난을 시작하려는 건가?

“야!”

김한나와 강향아가 동시에 외쳤다.

“왜 이래? 나와 가장 가까이 있는 고유명사를 말했다고.”

상태가 스스로를 변호했다.

김한나도 이번에는 웃어넘겼다.

“그렇다면 나도 가까이 있는 고유명사 박수근!”

김한나가 나를 손가락으로 가리키며 외쳤다.

얼굴이 확 달아올랐다.

“붉어지는 얼굴!”

강향아도 나를 가리키며 말했다. 셋은 웃었다.

뜨거운 열기가 얼굴에 번져나가고 있었다. 얼굴이 빨개졌을 거다. 고개를 수그렸다.

"뭐야?"

김한나가 강향아에게 물었다.

"박수근 별명이지?"

상태가 강향아의 말이 무엇인지 바로 알아맞혔다.

"그래?"

김한나가 강향아에게 물었다.

강향아가 고개를 끄덕이며 웃었다.

나는 기회는 이때다 싶어 끼어들었다.

상태의 별명을 말했다.

"상태 별명은 발광 상태야."

셋은 소리 내어 웃었다.

"현재 상태."

김한나가 받았다.

"과부하 상태."

강향아도 맞장구를 치며 말했다.

우리는 말놀이하면서 시간을 다 보냈다.

글쓰기는 하지 못했다.

모임이 끝나기 직전에 김한나가 원고지 사용법을 설명해 줬다. 다음 준비 모임에 참석할 때, 글을 한 편씩 써서 가지고 오기로 했다. 글제는 첫 모임에서 결정된 자신의 별명으로 잡았다.

내 별명은 '붉어지는 얼굴'이다.

상태의 별명은 '발광 상태'로 정해졌다.

김한나의 별명은 '깐깐 한나'였다. 상태가 지어 준 것인데, 김한나가 받아들였다.

강향아의 별명은 누구의 입에서도 쉽게 나오지 못했다.

"조선의 라푼젤!"

이윽고 김한나의 입에서 별명 하나가 튀어나왔다.

강향아가 빙그레 웃으며 별명을 받아들인다고 말했다.

상태가 또다시 자리에서 벌떡 일어나 강향아 앞으로 다가가 한 무릎을 바닥에 대고 앉았다.

"조선의 라푼젤, 조선의 라푼젤! 나에게도 네 머리카락을 내려 다오."

상태가 두 팔을 들어 올리며 연극적으로 말했다.

"아니야, 안 돼!"

김한나가 외쳤다.

"절대로 내려 주지 마. 조선의 라푼젤."

나도 외쳤다.

"실패."

상태가 외치면서 일어섰다.

우리는 다 같이 웃었다.

상태의 장난이 이제는 여자아이들의 마음을 상하게 하지 않았다.

★

'붉어지는 얼굴'이 내 별명으로 정해지고 글제가 되면서, 예상하지 못했던 일이 벌어졌다. 준비 모임을 마치고 집으로 돌아오는데, 얼굴이 붉어졌던 기억들이 마구잡이로 머릿속에 떠오르기 시작한 거다. 닫힌 문이 열리고 기억이 쏟아져 들어오는 것 같았다. 떠올리고 싶지 않은 일이었다. 그간 잊고 지냈었다.

뉴질랜드 색연필의 두 가지 색깔 중 하나를 선택했던 것처럼, 한쪽을 선택해야 할 때가 또다시 내 앞에 도래했다.

한쪽은 떠올리기 싫은 일들을 다시 잊는 거다.

기억의 문을 닫는 거다.

다른 것에 몰두하면 이 일이 가능했다. 한동안 딴 데 정신을 파는 것이다.

잠을 자지 않으면서 컴퓨터 게임을 하기. 재료를 구하거나 준비하는 과정이 복잡한 요리를 하기. 집 대청소를 혼자 하기. 지독하게 어려운 책을 사전을 찾고 검색을 하면서 읽어 내기. 계속 잠을 자기 등등.

이쪽을 선택하면 백일장 참가는 불가능할 거다. 얼마간 은둔이 필요할 테니까.

다른 쪽은, 머릿속의 기억을 내버려두는 거다. 준비 모임을 계속하고, 본대회를 준비해 나가는 거다. 보기 싫어서 괴롭고, 그때 겪은 일을 수없이 되풀이하여 다시 겪는 기분일 수도 있겠지. 별명은 정해졌고 글은 그 기억으로 써야 하니까.

나는 피리 부는 사나이를 생각했다.

시끄러운 쥐 떼처럼 드글드글 들끓고 있는 내 기억들을, 피리 부는 사나이가 피리를 불면서 데려가 준다면 좋겠다고 생각했다. 사나이는 피리를 불면서 쥐 떼를 이끌고 가, 쥐들을 모두 바다에 빠져 죽게 했다.

나는 우뚝 걸음을 멈추었다.

내 기억을 쥐 떼라고 비유한 게 마음에 걸렸다.

아무리 떠올리기 싫은 기억이라도 그렇지. 쥐 떼가 뭐야?

생각하기도 싫은 기억이지만, 모조리 바다에 빠뜨려 죽게 만
든다는 설정도 마음에 들지 않았다.

그 기억들 하나하나에는 모두 내가 들어 있잖아?

나와 관련되지 않은 기억들은 나를 힘들게 하지 않으니까.

다시 떠올리는 것이 죽도록 싫은 기억들이지만, 익사라니, 너
무 불쌍했다.

동화에 나오는 피리 부는 사나이는 쥐 떼뿐만 아니라 아이들도
모조리 이끌고 갔다.

아이들은 피리 소리에 맞추어 춤을 추고, 노래를 부르며 사나
이를 따라갔다.

사나이는 아이들을 어디로 데려갔을까?

“아! 피리 부는 사나이가 되자.”

나는 소리 내어 말했다.

걸음을 다시 떼었다.

내 기억을 운동장에 모여드는 아이들이라고 비유하자. 나는
피리 부는 사나이처럼, 피리 대신에 피리와 비슷한 펜을 들어서,
내 머릿속에서 기억을 하나하나 데리고 나오는 거다. 글로 써서

말이다.

"글로 써서 꺼내자. 써 내자."

기가 막히게 좋은 생각이었다.

★

주말인데도 평일과 마찬가지로 집에는 아무도 없다.

엄마와 아빠는 주말농장에 갔다. 아침에 집을 나서면서 엄마는 내게 같이 가자고 했었다. 햇볕을 많이 쬐고 흙을 밟으며 일하면, 몸도 마음도 튼튼해진다고 했다. 나는 주말농장이 싫었지만, 나에 대한 엄마의 걱정이 더 싫었다. 그래서 주말만이라도 혼자 있고 싶다고 싸늘하게 말해 버렸다. 버릇없는 말투라는 것을 내가 모르지는 않는다.

형은 고2라서 얼굴 본 게 언제인지 까마득하다. 아니구나, 가끔 가족 단톡방에서 얼굴을 보긴 본다. 엄마가 출장을 가거나 퇴근이 늦는 날에는, 가족들 모두에게 얼굴을 보여 달라고 요청하기 때문이다.

나는 얼굴을 보이기 싫어서 손이나 발을 찍어 올렸다. 형은 빠짐없이 자기 얼굴을 올렸다.

엄마와 아빠, 형은 대개 내가 잠자고 있을 때 집으로 돌아와서, 내가 잠에서 깨어나기 전에 집을 나갔다.

가끔 나는 혼자 사는 것 같다. 그게 아니라면, 그들이 사는 집에 빌붙어 사는 소년 유령 같다.

아니. 그 반대인가?

그들이 유령 같은가?

★

방문을 열었다. 다른 때와 다르게 방 안으로 선뜻 들어서지 못했다. 머릿속에 떠올랐던 지난겨울의 기억들이 나보다 먼저 방에 도착해 있는 것 같았다. 방은 무겁게 내려앉았다.

가방을 벗어 문설주에 기대어 놓았다.

지난겨울의 내가, 머리카락이 덥수룩한 내가, 컴퓨터 게임을 하며 방 밖으로 나가지 않고 있었다. 엄마는 컴퓨터를 거실에 내놓았다. 게임을 할 거면 방을 나와 거실에서 하라고 했다.

게임 중독자는 거실에서 게임을 하지 않는다. 나는 방에 있기 위해서 게임을 했었다. 게임은 방 밖으로 나가지 않기 위한 핑계였다. 나는 거실에 나가지 않았다.

게임 중독자라기보다 방 중독자라고 고쳐 부르는 게 더 정확했다. 그러나 그것은 남들이 그렇게 부르는 거지 내가 나 자신을 부르는 별칭은 아니다. 나는 은둔이라고 불렀다.

그때의 나는 대부분의 시간을 침대에 누워 보냈다. 방학이었다. 집에는 아무도 없었다. 나는 잠을 많이 잤다. 그리고 이상하게 똥을 많아 쌌다. 자느라고 잘 먹지도 않았는데, 몸에서는 자꾸만 똥이 나왔다. 똥이 빠져나가는데도 몸은 점점 무거워졌다. 마음은 그보다 더 무거웠다.

몸과 마음의 무게를 합하면, 나는 그 무게로 지구를 벗어날 수 있었다.

지구를 벗어나는 방식은 아래와 같다.

내 몸과 마음을 합한 무게보다 더 무거운 것이 지구상에 존재하지 않았다. 나는 지구 자체보다 더 무거워서 오히려 지구를 벗어날 수 있는 거다. 나는 하나씩, 차례차례 모든 것들을 뚫고 지나가며, 아래로, 아래로 내려갈 수 있었다.

침대를 뚫고 방바닥을 지나서, 아래층을 지나 또 그 아래층을 통과해서 내려가고 내려갔다.

땅에 닿았을 때에도 땅은 내 무게를 이기지 못하고 길을 열어 준다. 아래로 더 아래로. 지각을 지나서 맨틀을 통과한다. 내 무게를 견딜 수 있는 물질은 없다. 외핵을 통과하고 내핵마저 뚫리기에, 섭씨 7,000도의 열탕 지역도 내 무게를 어쩌지 못한다. 나는 너무 무거워서 불타지도 못한다. 무게 때문에 소멸할 수도 없는 것이다.

나는 더 빠르게 지구 반대쪽으로 빠져나가서, 이제는 중력을 뚫고 나아간다. 내 무게가 나를 지구 밖으로 데리고 간다. 너무 무거워서 나는 중력을 거스르며 치솟아 오른다. 나는 지구를 벗어났다.

무중력만이 내 무게를 감당할 수 있었다. 무게는 사라졌다. 나는 무중력을 떠돌았다. 나는 가볍다.

몸은 당연하게 가벼워지겠지만, 마음은 왜 가벼워진 거지?

마음도 중력의 영향을 받고 있었던 것인가?

떠도는 몸처럼 생각도 떠돌고 있었다.

잠도 가볍다. 너무 가벼워서 꿈처럼 현실감을 잃어버렸다.

엄마가 전화를 걸어왔다. 나는 전화를 받았다. 엄마는 까마득히 먼 곳에서 내게 묻는다.

무슨 일이 있었느냐고 묻는다.

나는 순식간에 내 방 내 침대로 돌아와서, 너무 무거운 존재로 꼼짝 못 하고 누워 있었다.

“아무 일도 없었어요.”

나는 이렇게 말했다.

엄마한테는 정말로 미안했지만, 나는 너무 무거워서 말하는 것도 힘들었다.

거짓말이 아니었다. 진짜 아무 일도 없었다.

그렇지만 나는 모자를 잃어버렸다.

“너 대체 왜 그러니?”

어른이 되면 이런 질문을 더 이상 받지 않아도 되는 것일까?

모자를 잃어버려서 그래요.

이런 대답을 이해받을 수 없을 거라는 사실은 분명했다.

그러니 말하지 않는 게 낫다. 나도 이 모든 것을 이해할 수 없었다.

정말 모자를 잃어버려서 그랬던 것일까?

★

그날, 눈이 내렸다.

나는 모자를 잃어버렸다. 겨울이면 늘 쓰고 다니던 모자였다. 머리꼭지에 털방울이 붙어 있고, 귀마개와 작은 챙이 달려 있는 검은색 털모자였다.

나는 안경을 쓰지만, 안경을 쓰고 있다는 사실을 주로 잊고 살아간다. 그 모자도 머리에 늘 쓰고 있었지만, 항상 기억하고 있지는 않았다.

그날, 상태와 나, 위성진과 진경수와 기은우가 만났다. 모두 자전거를 가지고 왔다.

상태가 아침에 자전거를 같이 타자고 연락을 해 왔다. 나는 상태가 나오라는 곳으로 가서야 세 아이를 만났다.

셋을 학교 밖에서 만난 것은 처음이었다. 약간 어색했지만, 곧 괜찮아졌다.

눈이 내리고 있었기 때문에 우리는 모두 약간 들떠 있었다.

한 번도 가 보지 않은 곳을 달려 보기로 했다.

전철을 탔다.

자전거와 함께여서 맨 끝 칸을 타야 했다. 그 칸에는 우리 말고 다른 승객은 없었다.

위성진과 진경수와 기은우가 나란히 앉았다. 나와 상태는 그 맞은편 자리에 앉았다. 다른 승객이 없어서 우리는 마음껏 떠들었다. 위성진이 주로 이야기를 이끌었기 때문에, 나와 상태는 말할 기회가 별로 없었다.

서로 게임 이야기를 주고받다가, 갑자기 진경수가 아무 맥락 없이 위성진의 아버지에 대해서 말했다. 대기업에 다닌다는 것, 연봉이 얼마라는 것, 위성진의 집이 어디인가 등을 조목조목 떠들어댔다.

"나도 대기업에 들어가는 게 꿈이다."

진경수의 결론이었다.

나는 진경수의 말에 충격을 받았다.

우리는 아직 기껏 중학생일 뿐인데, 그런 꿈을 갖고 있다는 게 이상했다.

진경수가 나나 다른 아이들에게도 꿈이 무엇인지 물어볼까 봐 사실 겁이 났다.

상태는 반쯤 돌아앉아 눈 내리는 창밖을 내다보고 있었다.

나도 고개를 돌려 창밖 풍경을 보는 척했다.

"너네 아빠는 뭐하셔?"

진경수가 기은우에게 물었다.

"그냥, 회사 다니셔."

기은우가 심드렁하게 대꾸했다.

"좀 말려."

상태 쪽으로 몸을 기울이며 속삭였다. 가만 놔두면 나와 상태에게도 아버지 뭐하시냐고 물을 게 뻔했다.

"좋아, 끝을 내 주자."

상태가 낮은 목소리로 내게 말하며 바로 앉았다.

"우리 집은 중국집을 해. 아빠와 엄마 두 분이 하셔."

상태는 큰 소리로 말했다.

그래서 네가 뭘 어쩔 건데? 이런 속내가 숨겨진 듯 들렸다.

진경수는 놀란 눈을 했다.

위성진은 한쪽 입꼬리를 올리면서 피식 웃었다.

기은우의 얼굴은 어두워졌다.

"우리 아빠는 지역 신문사에 다니셔, 엄마는 잡지 만드는 일을 하시고."

상태 뒤를 따라 내가 이어 말했다.

위성진이 고개를 끄덕끄덕하며 내 이야기를 잘 듣고 있다는 표현을 했다.

더 이상 말이 이어지지 않았다.

기은우가 핸드폰을 꺼내서 보기 시작했다. 상태와 위성진도 핸드폰을 보았다. 진경수도 주머니에서 핸드폰을 꺼냈다.

나는 반쯤 돌아앉아 창밖 풍경에 눈길을 주었다.

눈은 멎었다. 밖은 온통 하얬다.

우리는 종착역에서 내렸다. 역 주변은 눈 덮인 너른 들판이었다.

역사를 나설 때 우리는 자연스럽게 상태를 중심으로 모였다.

위성진을 중심으로 모일 때보다 마음이 훨씬 편해졌다.

상태는 들판 멀리 보이는 아파트 단지까지 달리자고 제안했다. 그곳에서 라면이나 햄버거를 먹자고 덧붙였다.

"짜장면은 어때?"

위성진이 한쪽 입꼬리를 들어 올리는 웃음으로 끼어들었다. 우리 사이로 침묵이 훅 들어왔다. 아이들이 상태 주위로 모이자 위성진이 상태를 걸고넘어진 거다.

"좋아, 짜장면은 헤어지기 전에 우리 집으로 가서 먹자. 내가 낼게."

상태는 가볍게 침묵을 깼다.

우리는 들판 사이로 곧게 난 길을 자전거로 달렸다.

전투 현장으로 달려 나가는 인디언들처럼 소리를 질렀다.

상태가 맨 앞에서 달렸다. 위성진과 진경수와 기은우는 앞서거니 뒤서거니 했다.

진경수는 핸들에서 손을 떼고서도 자전거를 잘 탔다. 두 손을 호주머니에 넣고 몸으로 균형을 잡으면서 달렸다. 눈 쌓인 길인데도 말이다. 대단했다.

나는 자전거 핸들에서 한 손을 뗄 수는 있었지만, 두 손을 다 떼지는 못한다.

나는 맨 꼴찌에서 달렸다. 아무리 내가 있는 힘껏 페달을 밟아도, 상태를 앞지를 수 없다는 사실을 나는 이미 알고 있었다. 상태는 핸들에서 손을 떼거나 하는 묘기를 보이지는 않지만, 상태보다 빠르게 달릴 수 있는 아이를 나는 아직 본 적이 없다. 나는 맨 꼴찌를 달리며 눈 온 풍경을 즐겼다. 상태가 잊지 않고, 내가 자기를 잘 따라오도록 속도에 신경을 써 줄 테니까.

"야! 저게 뭐냐?"

진경수가 외쳤다.

우리는 하나둘 자전거를 멈추며 섰다.

"야, 뭐냐?"

위성진의 외침에는 짜증이 묻어 있었다.

기은우가 나를 돌아보며 피식 웃었다.

뭐지, 저 웃음은?

자전거를 멈추면서 속으로 이런 의문이 들었다. 비웃음 같았다. 그런데 나를 비웃을 까닭이 없지 않은가?

설마 내가 맨 뒤에서 달린다고 비웃는 거야?

기가 막혔다. 유치하기 짝이 없었다. 기분이 나쁘고 마음이 상했다.

그 웃음을 외면하며 우리가 향했던 곳을 바라보았다. 아파트 단지는 멀리서 볼 때와는 달랐다. 그곳은 사람들이 살고 있는 아파트 단지가 아니었다. 짓다 만 곳이었다. 건물 외벽에는 연노랑 페인트가 칠해져 있었지만, 창문 자리는 모두 검은 사각형으로 뚫린 채였다.

우리는 전철역과 아파트 단지를 연결하는 길의 중간쯤에 멈춰 있었다.

점심때였다. 배가 고팠다.

"폐허 같군."

상태가 말했다.

"어떻게 하지?"

이번에는 뒤를 돌아보며 모두에게 물었다.

"그만 돌아가자."

내가 말했다.

“아니, 끝까지 한번 가 보자.”

기은우였다.

“좋아, 끝까지 가 보자!”

위성진이 외치면서 자전거에 올랐다.

“가 보자!”

진경수도 자전거에 훌쩍 뛰어오르며 외쳤다.

그들은 상태를 지나치며 달려 나갔다.

기은우는 다리 사이에 자전거를 낀 채 서 있었다.

위성진과 진경수가 거침없이 달려 멀어지자, 기은우가 출발하며 뒤를 힐끗 돌아보았다. 그러면서 나를 똑바로 쏘아보며 웃었다. 순식간에 일어난 일이었다. 내가 어떻게 반응해야 하는지 몰라 눈을 몇 번 깜박거리는 사이에, 기은우는 앞선 아이들과 합류했다.

그러나 기은우가 나를 향해 날린 웃음은, 그 아이가 자리를 뜬 뒤에도 한동안 사라지지 않고 그 자리에 남아서, 나를 향해 웃고 있었다. 몸이 사라진 뒤에도 입만 남아 한동안 웃고 있던 체셔 고양이의 웃음 같았다. 나를 놀리면서 밀어내는 웃음이었다.

세 아이는 이전보다 더 큰 소리를 지르며 빠르게 달려갔다.

상태는 멀어지는 아이들을 바라보고 있었다. 상태가 그 아이들과 함께 달려가고 싶어 할지도 모른다는 생각이 들었다.

“돌아가자. 배고프다.”

상태를 향해 말했다.

만약 상태가 그 아이들과 함께 가더라도, 나는 그쪽으로 합류하고 싶은 마음이 전혀 없었다. 혼자서라도 돌아가고 싶었다.

“가자.”

상태가 돌아서며 말했다.

우리는 자전거를 끌면서, 전철역을 향해 말없이 걸었다.

한참 뒤에 우리는 들판을 퍼져 나가는 이상한 쇳소리를 들었다. 징 소리 같기도 했다. 걸음을 멈추고 돌아보았다. 세 아이가 아파트 단지를 둘러싸고 있는 높은 쇠판 담장을 발로 차고 있었다. 셋은 누가 더 세게 소리를 내는지 경쟁을 하는 모양이었다. 한 사람씩 뒤로 물러났다가 달려들어, 담장을 올라타듯이 발길질을 해댔다. 담장이 높아서 아이들이 아주 작게 보였다.

그 아이들의 행동을 이해할 수 없었다. 관리자라도 나온다면 곤란해질 텐데, 하고 걱정을 했다. 그러나 다른 한편으로 아이들의 행동이 이해가 되기도 했다. 마음이 묵직하게 내려앉으며 슬퍼지고, 슬그머니 무서워졌다. 자세한 이유는 모른다.

상태도 말이 없었다.

★

“짜장면 먹으러 와.”

다음 날 아침에 상태가 전화를 걸어 말했다. 하룻밤 사이에 활기를 되찾은 목소리였다. 위성진과 진경수, 기은우도 온다고 했다. 나는 그 애들보다 먼저 상태네 집에 도착하고 싶었다. 나갈 준비를 서둘러 마치고 마지막으로 모자를 찾았다. 늘 걸어 두던 옷걸이에 모자가 없었다. 옷걸이 아래와 주변을 샅샅이 찾았다. 모자는 없었다.

어제 집에 도착했을 때 모자를 쓰고 있었던가, 기억해 내려고 했다. 기억나지 않았다.

어제는 집에 도착하자마자 옷만 간신히 갈아입고 곯아떨어졌다. 모자를 다른 데 두었을 수도 있었다. 방을 샅샅이 뒤졌다. 모자를 찾지 못했다.

나는 모자를 찾으며 집 전체를 돌아다녔다.

안방과 부모님 서재와 창고, 부엌과 거실과 형의 방까지 둘러보았다. 심지어 싱크대나 냉장고 문도 다 열어 보았다. 집 앞뒤 베란다도 구석구석 살피고, 베란다 문을 열고 밖을 내다보기도 했다. 모자는 어디에도 없었다. 조바심이 일었다.

특별한 모자는 아니었다. 소중한 모자도 아니었다. 늘 쓰고 다니던 모자였다.

엄마 방으로 들어가 장롱과 서랍장을 모두 열어 보는데, 난데 없이 눈물이 뚝뚝 떨어졌다. 나는 모자를 언제 어디에서 잃어버렸는지도 모르는 것이다. 조금 전까진 모자를 잃어버린 줄도 모르고 있었다. 길에 떨어뜨렸다면 눈 녹은 물에 젖고, 흙탕물 범벅이 되었을 거다. 찻길에 떨어뜨렸다면 차바퀴에 깔렸겠지. 모자가 불쌍했다.

방으로 돌아왔다.

상태에게 전화를 걸었다.

어제 헤어질 때 내가 모자를 쓰고 있었느냐고 물었다.

"헤어질 때?"

상태는 이렇게 묻고 한동안 말이 없다. 어제 일을 기억해 내려는 것 같았다.

"생각을 해 봤는데, 너 그 모자를 늘 쓰고 다녔잖아?"

"응."

"너 또 늘 안경을 쓰고 있잖아?"

"응."

"어제 헤어질 때 네 얼굴이 어땠는지 떠올려 보려고 했거든.

분명하게 떠오르지 않아. 네가 그 모자를 쓰고 있었는지, 안경을 쓰고 있었는지도 분명하지 않다고. 이상하지?"

이상했다. 나도 상태처럼, 어제의 내 모습을 떠올려 보려 했다. 분명하게 기억나지 않았다.

"고마워."

"뭐가?"

"어제의 날 떠올려 줘서."

상태는 바로 못 알아들었다.

"야! 무슨 그따위 여자 같은 소리를 하냐?"

삼 초쯤 지나서 상태가 외쳤다.

반 여자아이들이 들으면 펄쩍 뛸 말이었다.

"모자 찾고 나서 갈게."

내가 말했다.

"못 찾으면 그냥 와."

상태가 말했다.

★

자전거를 끌고 집을 나섰다.

눈이 녹기 시작해서 길이 질척질척했다. 무엇보다 머리가 시렸다.

전날 집으로 돌아왔던 길을 되짚어 걸었다. 둘레둘레 주위를 살폈지만 모자는 없었다.

전철을 탔다. 승객이 세 명 있었다. 다 핸드폰을 보고 있었다. 나는 자전거를 맨 뒤에 세워 두고, 객차 안을 돌아다니며 살펴보았다. 모자가 있을 리 없다는 사실을 모르는 것은 아니었다.

종착역에서 내렸다. 어제 갔던 곳까지 다녀오기로 했다.

자전거를 타고 달리면서 주위를 살폈다. 어제 우리가 남긴 자전거 바큇자국과 발자국이 녹지 않고 그대로 남아 있었다. 모자는 없었다.

상태와 내가 돌아섰던 지점에서 자전거를 멈추며 뛰어내렸다.

아파트 단지 안, 한 건물을 휘감고 있던 파란색 비닐 포장이 풀려나와 바람에 휘날리고 있었다. 나는 다시 자전거에 올랐다. 어제 가지 않았던 곳까지 달렸다.

위성진과 진경수와 기은우의 발자국들이 어지럽게 찍혀 있었다. 커다란 철대문 앞이었다. 내가 손을 뻗어도 닿지 않는 곳에 굵은 빗장이 질러져 있었다. 빗장에는 어마어마하게 큰 자물통이 매달려 있었다.

철문을 몇 번 밀어 보았다. 아무 소리도 나지 않았다.

나는 철문을 등지고 주저앉았다. 자전거도 나를 따라서 넘어졌다. 볕은 눈부셨지만 볼은 시렸다.

모자는 찾지 못할 것이다. 모자는 내게서 사라졌다.

내가 잃어버렸는데, 잃어버린 것도 알지 못하는 게 얼마나 많을 것인가?

다음 날, 나는 침대에서 일어나지 않았다. 엄마나 아빠나 형이 방을 들여다볼 것 같으면, 책상에 앉아 게임을 했다.

상태가 찾아왔다. 짜장면과 탕수육을 싸 들고 왔다. 상태네 아빠가 나를 위해 특별하게 요리하신 거라고 했다. 다른 때 같으면 냄새를 맡는 것만으로도 입안에 침이 잔뜩 고였을 텐데, 그러지 않았다. 냄새가 거슬리는 거다. 이 단순한 변화만으로도 나는 내가 평소와 같지 않다고 판단했지만, 가족이나 상태에게 드러내지 않으려고 노력했다. 사람의 입맛은 몸의 컨디션에 따라 달라지니까.

상태는 내 책상에 앉아 혼자 컴퓨터 게임을 하면서 가지고 온 짜장면과 탕수육을 다 먹었다. 나는 자다 깨다 하며 비몽사몽으로 누워만 있었다. 상태는 게임을 하면서 다른 때와는 다르게 큰 소리로 뭐라고 뭐라고 외치곤 했다.

상태가 내 걱정을 한다.

그 소리를 들으며 잠결에 나는 이렇게 생각했다.

★

앞서 잠깐 언급했던, 방 중독 생활 또는 은둔 생활이 그렇게 시작되었다.

그러던 어느 날, 낮인데도 엄마가 집에 있었다. 엄마는 당신의 일을 좋아하고, 성격도 활발해서 집에 머물러 있는 것을 지루해했다. 까닭을 말하진 않았지만, 나 때문일 것이다. 나 때문에 엄마가 당신 살고 싶은 대로 살지 못한다는 게 말이나 되는가?

나는 자리에서 일어나 휘적휘적 방을 나갔다.

엄마는 거실 커튼을 달고 있었다. 커튼을 세탁한 모양이었다.

"어, 마침 도와달라고 할 참이었어."

엄마가 나를 돌아보며 말했다. 나는 엄마가 커튼을 다시 거는 일을 도왔다.

봉에 커튼을 다 끼운 다음, 유리문 위쪽 천장에 부착된 봉 걸이에 봉을 끼우면 되었다. 봉 걸이는 양쪽으로 두 개였다. 나는 식탁 의자 두 개를 가져다가, 봉 걸이 아래에 하나씩 놓았다. 그런 다음 엄마와 함께 커튼을 끼운 봉을 양 끝에서 붙잡고 동시에 의자로 올라갔다. 우리는 서로를 살피며 커튼 봉을 봉 걸이에 끼웠다.

"됐다."

의자에서 내려와 커튼이 달린 매무새를 살펴보며 엄마가 말했다.

나는 어쩌지 못하고 어정쩡하게 서 있었다. 미안하다고 하고 싶었지만 입이 떨어지지 않았다.

"저녁 준비하는 것도 좀 도와줘."

엄마가 부엌으로 향하며 말했다.

아무래도 무리였다. 몸이 너무 무거웠다. 방으로 가서 눕고, 자고 싶었다.

나는 방으로 가서 침대에 누웠다. 그리고 원하는 대로 잠들었다.

다음 날 방문 밖에서 진공청소기 돌리는 소리가 났다. 잠을 깼다. 휘적휘적 방을 나갔다.

"내가 왜 집에 있는지 궁금해서 나와 보는 거지?"

엄마가 청소기를 끄고 나를 마주 보며 물었다.

"휴직했어. 너랑 같이 좀 있으려고."

좋기보다는 부담스러웠다. 날 좀 그만 내버려두세요. 이렇게 말하고 싶었다.

엄마는 단도직입하여 두 가지를 내게 제안했다.

첫 번째로 매일 시장에 가서 식사 준비에 필요한 식료품을 사 올 것. 두 번째로 엄마와 함께 점심을 꼭 먹을 것.

거절하지 못했다. 그나마 저녁 식사가 아니라서 다행이었다. 저녁 식사에는 아빠와 형도 함께하는 때가 있을 테니까.

다음 날 오후에 방을 나섰다.

식탁 위에는 작게 접힌 헝겊 시장 가방 두 개와 구입해야 할 품목이 적힌 메모지와 돈이 놓여 있었다.

쪽파(깐쪽파) 한 단, 마늘(깐마늘) 5,000원어치, 양파 작은 망으로 한 망, 흙당근 세 개, 찰보리, 찹쌀현미(시장 안 순양쌀집에서 각각 5,000원어치), 장아찌 간장(1L) 한 병, 새우 추젓(1kg) 한 통, 올리브유(900ml, 원산지가 그리스면 좋겠어), 설거지용 수세미 한 개. 시장 입구 편의점 앞에 계시는 할머니한테서 시금치 한 봉지. 전철역 앞 정제과에서 현미식빵 한 개와 소금빵 세 개(식빵은 썰어 달라고 해).

엄마의 메모는 이런 식으로 아주 구체적이었다.

나는 롱패딩을 입고 주머니에 시장 가방과 돈과 메모지를 넣었다. 발이 답답해서 맨발에 삼선 슬리퍼를 신었다. 길게 자란 발톱이 눈에 띄었다. 내 발톱인데도 낯설었다.

길이 얼어붙어 있었다. 걸음을 뗄 때마다 슬리퍼가 언 길바닥을 쓸면서 드륵드륵 소리를 냈다.

시장 입구에서 메모지를 꺼냈다. 읽는 척하면서 그것으로 얼굴을 반쯤 가렸다.

야채 가게 앞에 섰다. 편의점이나 슈퍼에서 물건을 살 때와는 달랐다. 가게 주인에게 말을 걸어야 했다. 쉽지 않은 일이었다.

"깐쪽파 있어요?"

가게 주인에게 말을 걸었다.

오랜만에 말을 해서인지, 입 밖으로 나간 내 말소리가 낯설었다.

"거기, 바로 눈앞에."

붉은 플라스틱 바구니에 다듬은 쪽파가 담겨 있었다.

나는 깐쪽파와 함께 다른 야채들도 한꺼번에 사기로 했다. 다시 주인 쪽으로 고개를 들었다. 가게 주인은 할머니였는데, 마늘 껍질을 벗기고 있었다.

"깐쪽파 한 단하고, 깐마늘 오천 원어치하고, 양파 작은 망으로 한 망하고, 흙당근 세 개 주세요."

나는 종이를 눈앞에 두고 큰 소리로 읽어나가듯 말했다. 할머니가 두 손을 앞치마에 탁탁 털면서 일어섰다. 나는 주머니에서 시장 가방을 꺼냈다. 할머니는 내가 주문한 것들을 비닐봉지에 담아 시장 가방 안에 넣어 주었다.

엄마가 요청한 품목들이 하나둘씩 가방 안에 담겼다. 가방을 양쪽 어깨에 하나씩 나눠 멨다.

더 이상 얼굴을 가리지 않았다.

그릇 가게 앞에 수세미들이 수북하게 쌓여 있었다. 수세미를 사는 데는 시간이 좀 걸렸다. 엄마가 구체적으로 적어 놓지 않았기 때문이었다.

초록 수세미, 스펀지 수세미, 옥수수 망사 수세미, 아크릴 핸드메이드 수세미, 철 수세미, 코코넛 수세미, 삼베 수세미, 망사 수세미, 은사 수세미.

내가 선택해야 했다.

지구를 생각한다는 친환경 천연 삼베 수세미를 선택했다.

나중에 알게 된 사실인데, 지구가 좋아한다는 천연 삼베 수세미는 곰팡이도 좋아했다. 수세미를 잘 말리지 않으면 곰팡이들이 수세미에 서식하기 시작했다. 진짜 친환경 수세미라는 사실을 곰팡이가 증명해 줬다.

시금치를 사고 빵을 사면 임무 완수였다.

빵집으로 먼저 갔다. 빵 냄새를 맡자 오랜만에 배가 고파졌다. 빵을 샀다.

편의점 앞으로 갔다.

시금치가 수북하게 쌓여 있는 파란 돗자리가 길에 깔려 있었다. 한겨울인데도 시금치는 꿈틀거리는 것처럼 싱싱했다. 시금치를 파는 할머니는 벽을 등지고 앉아 있었다. 볕이 잘 드는 곳이었지만 할머니의 두 볼은 추위로 빨개졌다.

할머니에게 다가가 말을 거는 것이 시장에서보다 더 어려웠다. 나는 조금 떨어진 곳에 서서, 다른 사람들이 어떻게 하는가를 먼저 지켜봤다.

손님이 왔다. 손님은 할머니 앞에 쪼그리고 앉아서 이야기를 나눴다. 할머니는 비닐봉지에 시금치를 꾹꾹 담아서 손님에게 줬다. 손님은 할머니에게 돈을 지불했다. 손님이 갔다.

나는 시금치를 쌓아 놓은 곳으로 갔다. 그 앞에 쪼그리고 앉았다.

"시금치 주세요."

내가 말했다.

"심부름이냐?"

할머니가 물었다.

"네."

"착하구나."

나는 아니라고 말하고 싶었지만 참았다.

"얼마나 주랴?"

"한 봉지 주세요."

말이 잘 나왔다.

할머니는 비닐봉지에 시금치를 담기 시작했다.

"너는 어쩌자고 이 추위에 양말도 안 신고 다녀서, 그렇잖아도 시린 내 발을 더 시리게 만드냐?"

시금치를 담으면서 할머니가 말했다.

"네?"

할머니의 말은 또렷하게 들렸지만, 처음에 나는 무슨 소리인지 도무지 이해를 하지 못했다.

"모자도 없이 맨머리로 다니니, 그걸 보는 내 머리가 시리다 못해 쓰라리구나."

시금치가 담긴 봉지를 시장 가방에 넣어 주며 할머니가 말했다. 나를 바라보지 않아서, 할머니는 혼잣말을 하는 것 같았다. 나는 잃어버린 모자를 떠올렸다. 까맣게 잊고 있었다. 얼굴이 달아올랐다. 그러면서 나는 할머니 말을 이해했다. 발이 시리고, 머리가 쓰라리고, 배가 고팠다.

"오천 원이다."

할머니가 시장 가방을 여며 주며 말했다.

집으로 돌아와 거울 앞에 섰다. 얼굴이 아직 붉었다. 나는 그렇게까지 붉어진 내 얼굴을 전에는 본 적이 없었다.

★

이것이 붉어지는 얼굴에 관한 첫 번째 이야기다.

이 이야기는 글로 쓸 수 있을 것이다.

나는 까다로운 엄마 심부름을 하면서 은둔 생활을 서서히 끝냈다. 방학은 끝이 있기 때문에, 은둔을 계속할 수도 없었다.

시금치를 사러 갈 때는 복장과 외모에 신경을 썼다. 양말은 꼭 신었다. 따로 떼어 놓았던 패딩 모자를 롱패딩에 다시 붙여서 머리에 썼다.

"시금치 한 봉지 주세요."

"심부름 왔냐?"

"네."

"참, 착하구나."

할머니와는 이런 말을 주고받았다.

나는 내가 착하다고 생각하지 않기 때문에, 할머니가 나를 착하다고 말해 주면 기분이 좋았다.

★

두 번째로 얼굴이 붉어진 이야기는 나의 흑역사다.

아직 아무에게도 말하지 못했다. 이 이야기를 글로 쓴다는 것은 불가능할 것이다.

중간고사 마지막 날을 앞둔 저녁에 일어난 일이다.

2학년 올라와서 보는 첫 시험이라, 중간고사를 잘 보고 싶었다. 중간고사 날짜와 각 과목의 시험 범위가 알려지자마자, 곧바로 꼼꼼하게 공부 계획을 세웠다. 그 계획대로 차근차근 공부했다.

중간고사는 삼 일 동안 치러진다.

둘째 날 시험까지 무사히 잘 치러 냈다.

시험 끝나고 정답을 따로 맞춰 보지 않아도 좋을 정도였다.

"잘 봤냐?"

교문 쪽으로 가는데, 상태가 뒤따라오며 물었다.

상태는 시험을 죽 쑨 얼굴이었다.

그 앞에서 기쁜 내색을 할 수는 없었다.

"뭐, 그럭저럭."

상태가 고개를 끄덕끄덕했다. 나도 죽을 썼을 거라 여긴 모양이었다.

"학원 같이 갈래?"

상태가 물었다.

시험 기간에는 학원생이 아니더라도 누구나 학원 자율학습실을 이용할 수 있다고 했다.

나는 집으로 가겠다고 말했다.

상태는 더 권하지 않았다. 그 대신에 두 팔을 번쩍 들어 올리며 외쳤다.

"학원 천국!"

나는 씩 웃었다.

상태는 전에도 자신이 다니는 학원을 같이 다녀 보는 게 어떠냐고 내게 제안한 적이 있었다. 그때도 "학원 천국!"을 외쳤다. 나도 학원을 다녀 본 적이 있었다. 웬만하면 상태와 함께하고 싶었지만, 나는 학원이 답답했다. 창문이 없는 강의실이 많았다. 강의실 불빛은 너무 강해서 눈이 부셨다.

상태는 나와 달랐다. 천국에는 창문이 필요 없다는 거다. 밖을 내다볼 일이 없는 까닭이란다. 상태의 기발한 말에 유쾌하게 웃었다. 그렇다면 나는 천국도 답답한 곳이라고 말하겠어. 나는 이렇게 대꾸했었다.

우리는 교문을 나서며 헤어졌다. 상태는 학원으로 가고 나는 집으로 향했다.

집에는 아무도 없었다.

내가 학교를 다니기 시작하자 엄마도 복직을 했다.

배가 고팠지만 간식을 먹지 않았다. 배가 부르면 집중력이 떨어질 것이었다. 저녁 식사 전까지 중간고사 마지막 날 준비를 마칠 계획이었다.

나는 곧바로 책상에 앉았다. 문제집을 풀어 나갔다.

다른 날과 달리 엄마가 일찍 퇴근했다.

방을 나가 현관으로 달려갔다.

"다녀오셨어요?"

엄마가 들고 있는 장바구니를 받아 들면서 인사했다.

"고맙다. 시험을 잘 보고 있니?"

엄마가 벗은 구두를 신발장에 넣으며 물었다.

나는 장바구니를 들고 부엌으로 갔다. 그때까지 본 과목 중 틀린 문제는 단 하나였다. 영어다. 접속사 while이 다른 의미로 쓰인 문장 하나를 골라내는 문제였다. 조금만 더 생각했더라면 틀릴 수가 없는 문제였다. 신중하지 못했다. 그나마 틀린 문제가 아직 그거 하나뿐이라는 데서 위안을 찾았다.

시험 결과를 말해서 엄마를 기쁘게 해 드리고 싶은 마음이 일었다. 그러나 그렇게 일어나는 마음을 꾹 눌렀다. 다음 날 남은 시험마저 잘 치르고 나서 말하자고 마음을 다독였다. 하고 싶은 말을 잘 참아냈더니 기분이 좋아졌다. 장바구니 안에 든 것을 꺼내면서 나는 빙글빙글 웃었다.

대파, 꽃게, 생강, 미나리, 무, 호박, 쑥갓.

"꽃게탕 할 거야?"

옷을 갈아입고 부엌으로 들어서는 엄마에게 물었다.

지난겨울 나는 은둔 생활을 하면서 심부름을 배웠을 뿐만 아니라, 식재료를 손질하는 법과 음식 만드는 법을 배웠다.

"응. 꽃게탕이지."

엄마가 앞치마를 입으며 대답했다. 시험에 대해서는 더 묻지 않았다.

"파 다듬을까?"

내가 물었다.

"박수근! 심부름할 게 생기면 부를게."

엄마가 말했다.

엄마는 나를 부엌에 있지 못하게 했다. 가서 시험공부하라는 뜻이었다. 책상으로 돌아왔다. 샤프를 쥐고 문제집을 풀기 시작했다.

말이고마우면비지사러갔다가두부사온다.

올바른 띄어쓰기를 표시하라는 문제를 만났을 때, 희미하지만 구수한 냄새가 방으로 스며들어 왔다. 꽃게탕이 끓고 있는 모양이었다. 입안에 침이 고였다. 배도 고팠다. 풀던 문제집을 넘겨 보았다. 시험 범위까지는 두 장 남았다. 남은 두 장을 풀고 밥을 먹을 것인가, 저녁을 먹고 나서 남은 것을 마저 풀 것인가를 두고 잠시 갈등했다.

"밥부터 먹자."

자리에서 일어나며 혼잣말을 했다.

★

엄마는 식탁을 차리고 있었다. 아빠와 형의 자리에도 수저가 놓여 있었다. 오랜만에 가족이 같이하는 저녁이었다.

"괜찮으면 심부름 하나 해 줄래?"

식탁 한가운데 냄비 받침을 내려놓으며 엄마가 물었다.

"심부름 오랜만이네요."

지난겨울이 떠올라 머쓱해졌다.

"그렇지?"

엄마가 웃으며 말했다.

엄마는 조리대 아래에서 빈 간장 병 하나를 꺼내 식탁에 올려 놓았다.

"광장슈퍼에 가서 홍게맛 간장 있으면 한 병만 사 와. 이거하고 똑같은 것이어야 해."

"홍게맛 간장? 그런 게 있어?"

내가 모르는 간장이 또 나타났다.

수세미 판매 진열대에 가 보면, 이름과 모양과 색깔이 다 다른 수세미들이 있지만, 정작 '수세미'라는 이름의 수세미는 없는 것처럼, 간장도 마찬가지였다.

조선간장, 진간장, 국간장, 어간장, 조림간장, 양조간장, 맛간장, 장아찌 간장.

그냥 간장은 현실에 없지만, 여러 가지 간장들의 공통분모로서 존재했다. 수세미도 마찬가지로 공통분모로 있는 것이었다. 없는 데도 있는 것이다. 이는 은둔 생활과 심부름을 하면서 발견한 사실이었다.

이제 내 앞에 새로운 간장이 등장한 것이다. 홍게맛 간장 병의 라벨을 확인했다. 라벨에는 붉은 게 한 마리가 그려져 있었다. 게 주위로 인쇄되어 있는 글자들을 소리내어 읽었다.

"대한민국 홍게맛 홍일점 홍일홍게맛장 홍일식품."

싱크대 가장 아래 서랍에서 돈을 꺼냈다. 지난겨울부터 심부름 갈 때 필요한 현금을 거기에 보관해 두고 있었다.

"광장슈퍼에 없으면 그냥 돌아와. 오랜만에 같이 식사하게."

엄마가 다시 당부했다.

"꼭 필요한 거 아니야?"

“양념이잖니.”

바로 알아듣지 못했다.

“양념은 한두 가지 안 넣어도 괜찮으니까.”

이번에는 알아들었다.

광장슈퍼까지 달려갔다. 곧바로 간장 진열대로 갔다. 다시마 간장과 붉은대게 백간장도 내 눈앞에 처음으로 등장했다. 홍게맛 간장은 없었다.

엄마 말대로 그냥 집으로 돌아갈까, 아니면 좀 떨어진 곳에 있는 순양마트까지 다녀올까, 쉽게 결정하지 못하고 잠시 망설였다. 운동도 할 겸 순양마트까지 달리기로 했다. 무엇보다 홍게맛 간장을 엄마에게 구해다 주고 싶었다. 순양마트에는 홍게맛 간장이 있었다.

집으로 돌아갈 때는 느긋했다. 가족들은 내가 조금 늦더라도 식사 시작을 미루며 나를 기다려 줄 것이었다.

육교 가까운 버스 정류장 앞을 지날 때였다.

“야! 거기 너. 이리 좀 와 봐.”

나는 우뚝 걸음을 멈추었다. 소리 나는 쪽을 돌아보았다.

버스 정류장 벤치는 짙은 그림자가 드리워져 있었다. 아무것도 보이지 않았다. 말소리가 거기에서 나왔는지도 확실하지 않았다. 잘못 들었나? 주위에는 나 말고 아무도 없었다. 사람이 많이 다니는 길이 아니었다.

"너 말이야. 이리 좀 와 보라니까."

듣는 사람에게 반발심을 솟구치게 하는 말투였다.

어두운 벤치에서 그 보다 더 짙은 어둠이 움직였다. 누군가 거기 있었다.

"저요?"

나는 바로 덤벼들 듯 물었다. 한 손에는 홍게맛 간장을 움켜쥐고 있었다.

"그래 너, 이리 좀 와 봐."

내면의 반발심이 나를 그쪽으로 떠밀었던 것일까, 잘 모르겠다. 나는 어둠에서 흘러나오는 말에 이끌려 그쪽으로 갔다.

★

집에 돌아왔을 때, 가족들은 나를 기다리며 식사를 미루고 있었다.

"전화기는 왜 가지고 다니지 않는 거냐?"

건성으로 인사하는 내게 아빠가 가족을 대표해서 물었다.

나는 엄마에게 홍게맛 간장을 건네주었다.

"늦어서 죄송해요. 달려오다가 어둔 곳에서 발을 헛디뎌 넘어졌어요. 먼저 드세요. 저는 좀 씻은 다음에 먹을 게요."

찬물 샤워를 했다. 얼굴뿐만 아니라 몸속도 뜨거웠는데, 쉽게 식지 않았다.

식탁으로 가지 않았다. 슬그머니 방으로 들어왔다.

밤새 끙끙 앓았다. 몸이 어디 아픈 것은 아니었다. 분하고 원통해서 끙끙 앓았다. 소리가 방 밖으로 새어 나가지 못하도록 이를 악물어야 했다. 잠은 오지 않았다.

다음 날에도 머릿속은 비상계엄 상태였다. 마비 상태인 거다. 그 상태로 시험을 치렀다. 기계적으로 봤다. 시험을 못 봤다는 게 아니다. 공부를 꼼꼼하게 해 뒀기 때문에 모든 시험의 정답이 훤하게 보였다. 기계적이라는 말은, 바라던 대로 시험을 잘 봤는데도 기쁨이나 보람이 전혀 없었다는 것이다.

★

중간고사가 끝난 교실은 그간의 긴장을 털어내고 활기를 되찾았다. 시험을 못 봤다며 한탄하는 비명도 활기를 돋우었다. 나는 그 활기에 합류할 수 없었다.

상태에게 갔다. 상태는 사물함을 정리하고 있었다.

"뭐 할 거야?"

등 뒤에서 물었다.

"학원 가야지."

"시험 끝났는데?"

"시험하곤 상관없지. 학원 천국! 나는 오늘도 천국에 들르는 거지."

학원 천국을 외칠 때 상태는 늘 하던 대로 양팔을 번쩍 들어 올렸다.

상태가 나를 돌아봐 주길 바랐다. 내 바람은 쉽게 이루어지지 않았다. 상태는 사물함 정리를 멈추지 않았다. 정리라고 할 것도 없었다. 이쪽에 꽂았던 책을 저쪽으로 옮기고 있었다.

다른 때 같으면 나도 미련 없이 돌아섰을 거다. 그러나 집에는 아무도 없고, 상태와 함께 있지 못한다면 혼자 있게 될 터였다. 학교 끝나고 혼자 남는 게 조금 무서웠다.

"같이 갈까?"

상태가 학원에 같이 가자고 한 일이 생각나서 물었다.

"무슨 일 있냐?"

상태가 사물함을 닫고 돌아서며 물었다.

"아니."

고개를 수그리며 급하게 대답했다.

"시험 망쳤냐?"

상태가 다시 물었다.

얼굴이 달아올랐다.

"시험 망쳐서 그래?"

"아니라니까."

먼저 자리를 뜨며 말했다.

상태와 함께 있을 수 있게 되자, 마음의 괴로움이 약간 가라앉으면서 숨통이 트였다. 나는 상태를 따라 학원으로 갔다.

★

엘리베이터가 5층에서 멈추었다. 문이 열리자 바로 학원이었다.

상태는 안내데스크로 갔다. 내가 학원에 들어올 수 있도록 허락받기 위해서였다. 학원에서도 우리 학교 중간고사가 끝났다는 것을 알았다. 학원 자율학습실을 사용할 수 있는 기간도 끝이 난 것이다. 상태는 내가 등록할 학원을 알아보고 있으며, 등록하기 전에 학원 내부 견학을 원한다고 말할 예정이었다.

학원으로 오르내리는 엘리베이터는 두 대였다. 나는 엘리베이터와 엘리베이터 사이의 벽에 등을 기대고 서 있었다.

로비 바닥에 유명 대학 세 곳의 마크가 붙어 있었다. 엘리베이터를 이용하는 사람들은 피할 수 없이 그 세 학교의 마크를 밟고 지나다녀야 했다. 갈망이든, 희망이든, 욕망이든, 소망이든, 포부거나 꿈이거나, 아이들이 들어가고 싶어 하는 대학들인데, 그 바람의 상징을 밟고 지나가도록 배치해 놓은 뜻이 이상했다.

다른 학교 교복을 입은 여자아이 둘이 엘리베이터 쪽으로 걸어왔다. 둘 다 유명 대학의 마크를 밟으며 지나왔다. 나는 그 아이들이 다가가는 엘리베이터 문에서 멀어지는 쪽으로 두세 걸음 몸을 옮겼다. 여자아이들이 내 쪽을 힐끗 보며 쿡쿡 웃었다.

혹시 내 얼굴에 어젯밤의 흔적이 남아 있는 거 아닌가, 더럭 걱정이 됐다. 가족이나 상태도 눈치채지 못하지만, 낯선 여자아이들은 발견할 수 있을지도 몰랐다.

엘리베이터가 도착할 때까지 그 아이들이 자꾸만 웃었다. 나는 주위를 둘러보았다. 조금 전까지 내가 등지고 서 있던 벽에 '연애 금지'라는 글자가 붙어 있었다. 옆으로 옮겨 서기 전까지

나는 그 글자들을 가리고 서 있었던 거다. 연애 금지라는 글자는 안내데스크 뒤편 벽에도 붙어 있었다.

안내데스크에서 학원 직원과 이야기를 나누던 상태가 돌아섰다. 표정을 보니, 나의 학원 입장이 허락되지 않은 모양이었다.

"부모님 모시고 와서 우선 테스트를 받으라고 그런다."

"너도 그랬어?"

"뭐?"

"학원 처음 등록할 때 부모님과 함께 왔어?"

거절당한 기분이 들었다.

"아니, 그때는 안 그랬어. 그 사이에 학원 규정이 바뀌었나?"

상태는 별일 아니라는 듯 말했다.

나는 돌아서서 엘리베이터 하강 버튼을 눌렀다.

엘리베이터가 도착하여 문이 열렸다.

"갈게."

상태를 돌아보지도 않고 말했다.

상태가 내 뒤를 따라 훌쩍 엘리베이터에 올랐다.

"친구 없는 천국은 쓸쓸했도다!"

상태가 연극을 하는 것처럼 과장된 말투로 외쳤다. 천국을 말할 때는 두 팔을 번쩍 들어 올렸다. 나는 픽 웃었다.

★

우리는 정한 목적지 없이 걸었다.

"돌아가는 게 낫겠다."

상태가 걸음을 멈추며 말했다.

저만치, 네거리 길 건너편에 다른 학교 교복을 입은 남자아이들이 녹색불을 기다리며 서 있었다. 학교가 끝난 시간인 모양이었다. 아이들이 길을 꽉 메웠다.

우리가 한 방향으로만 걸어왔기 때문에 저 아이들이 다니는 학교 근처에까지 와 버린 거다. 저 길을 통과하는 일은 쉽지 않을 것이다. 시비 걸릴 확률이 100%일 테니까.

나와 상태는 동시에 돌아섰다.

첫 번째 갈림길이 나타났을 때, 주저 없이 갈림길을 선택하며 좌회전했다. 식당이 많은 길이었다. 인도와 차도 구분이 없고 오가는 사람도 많았다.

"너, 사람 때려 본 적 있냐?"

상태에게 물었다. 가던 발길을 돌려야 했던 일을 겪은 뒤라서 묻기가 좀 편했다.

상태는 잠시 말이 없었다. 기억을 더듬어 보거나, 말을 고르는 시간이 다른 때보다 길었다.

"나는 아직까지 사람을 진심으로 때려 본 적이 없어."

상태의 말이 너무 단호해서 나는 속으로 놀랐다.

상태에게도 말 못 하는 일이 있을까?

"그럼, 누군가에게 맞아 본 적 있어?"

소리가 저절로 낮아졌다.

상태가 나를 돌아보았다. 볼이 따끔거릴 정도로 내 얼굴을 유심히 살폈다.

"너, 누구한테 맞았냐?"

상태가 우뚝 멈춰 서며 물었다. 벌컥 화를 내는 것처럼 큰 소리로 말이다.

"아냐."

당황해서 거짓말을 했다.

여전히 우뚝 서 있는 상태 곁을 떠나며 걸어 나갔다.

"여기서 그만 헤어지자. 너는 너의 천국으로 가고 나는 내 방으로 갈게."

상태가 다니는 학원 앞에서 나는 내뱉 듯이 말했다.

"야! 너 대체 왜 그래?"

상태가 등 뒤에서 외쳤다. 나는 돌아보지 못했다.

★

밤에, 아무도 몰래 집을 뛰쳐나왔다. 나를 찾지 못하도록 핸드폰을 두고 나왔다.

나는 그것이 있던 곳으로 갔다. 복수를 해야 잠을 이룰 수 있을 것 같았다. 합리적으로 따져 보면 복수는 불가능에 가까웠다.

나는 그것을 보지 못했다. 특징도 옷차림도 심지어 냄새도 모른다.

내가 겪은 것은 그것의 힘뿐이다. 그것이 어둠 속으로 나를 불러들여서 일격을 가했을 때, 그것의 힘이 내 몸을 두 쪽으로 가르듯 파고들었다. 나는 그대로 길바닥에 쓰러졌다. 너무 급작스러워서 통증도 느끼지 못했다.

처음 겪는 일이라서, 몸을 일으켜 그것에게 덤비지도 못했다. 나는 쓰러지면서, 통증을 느끼지도 못하면서, 저것이 나를 죽일지도 모른다는 공포에 휩싸였다. 그래서 나는 홍게맛 간장을 품에 안은 채 죽은 척했다.

몸이 불타듯이 부끄러운 지점이 바로 여기다. 나는 죽은 척했다.

그것은 힘이 아주 셌다.

그것은 사람이 아니었을까?

나는 그냥 쓰러진 게 아니라 날아가다가 쓰러졌다. 덤벼들지 못할 거라면 재빠르게 도망쳤어야 했다. 나는 그러지도 못했다.

육교로 오르는 계단 옆에 섰다.

저 앞에 그 버스 정류장이 있다. 버스 정류장에는 아무도 없었다.

그쪽은 계단이 아니라, 바닥이 평평하고 경사가 완만한 길이 육교로부터 버스 정류장 지붕 위를 지나가고 있었다. 버스 정류장 지붕은 투명해서, 정류장 위의 길 그림자가 벤치에 드리워져 있었다.

그러나 어제처럼 짙은 어둠이 아니었다. 정류장의 불빛도 밝은 편이었다. 멀리서도 나는 그 벤치의 형상을 볼 수 있었다.

버스 정류장으로 갔다. 그것이 있었을 거라 짐작되는 벤치 앞에 섰다. 바닥을 살피고 벤치를 살폈다. 어젯밤 내가 남긴 흔적이 있는가, 그것이 남긴 흔적이 있는가, 살폈다. 특별한 것은 없었다.

나는 그것이 있던 곳에 앉았다. 어둠이 나를 집어삼키면서 짙어졌다. 나는 괴물처럼 신음 소리를 뱉었다. 몸속에서 힘이 꿈틀거렸다.

버스가 와 섰다. 뒷문이 열리고 키가 작은 사람이 내렸다. 혼자였다.

'이봐! 거기 당신! 이리 좀 와 봐!'

얼굴이 뜨겁게 달아올랐다. 온몸이 뜨겁게 달아올랐다. 어젯밤 내가 들었던 그것의 목소리가 바닥 모르게 깊은 내 몸 어딘가에서 울려 나오는 것이다. 나는 그 말이 내 입을 비집고 밖으로 나갈까 봐 손바닥으로 입을 막고, 버스에서 내린 사람이 멀어지기를 기다렸다.

눈물이 흘러내렸는데, 뜨거웠다.

용암처럼 뜨거운 힘이 내 안에서 솟구쳤다. 자리에서 일어났다. 나는 그것이 앉아 있던 벤치, 내가 앉아 있던 벤치의 등받이를 잡고, 으으으 소리 내며 힘을 썼다.

벤치가 땅에서 뽑혔다.

나는 나의 힘에 깜짝 놀랐다. 너무 놀란 나머지, 벤치를 불끈 들고 서 있는 내 모습을 마치 위에서 내려다보는 것 같았다. 복수하겠다는 결심 뿐만 아니라, 내 안팎에 있던 모든 어둠도 깜짝 놀란 듯 물러났다. 순식간에 일어난 일이었다. 이윽고 밝아진 머릿속에, 공공기물 훼손이란 말이 불쑥 떠올랐다. 나는 벤치를 제자리에 내려놓았다. 숨이 좀 찼지만 씩 웃으며, 손바닥을 서로

부딪쳐 탁탁 털었다.

★

내 이야기는 다시, 백일장 첫 준비 모임을 마치고 집으로 돌아와 방문 앞에 서 있던 나에게로 돌아왔다. 나는 신발장에서 20리터짜리 종량제 쓰레기봉투 한 장을 꺼내왔다. 그것을 들고 방문턱을 넘었다. 필요 없는 것들을 모두 버리고 방 청소를 하자고 마음먹었다. 그러나 쉽게 버릴 수 있는 게 별로 없었다. 큐빅에서부터 공룡 피규어들, 야구공과 글러브와 방망이, 유치원 졸업 사진과 태권도 노란띠 승급 기념 사진, 군부대 마크들이 들어 있는 액자와 잠수 부대원들과 사막 부대원들의 모형, 탐색견과 탐색견의 목줄을 잡고 뒤따르는 특수 부대원의 모형까지. 지금은 모두 내 관심에서 벗어났지만 초등학교 때부터 수집했던 것들이었다.

쓰레기봉투는 다시 제자리에 가져다 놓았다. 창고로 가서 빈 플라스틱 박스 세 개를 가져왔다. 병정부터 시작해서 공룡 피규어들까지, 서랍과 책상 위, 책장에 진열해 놓았던 것들을 하나하나 박스에 담았다. 더 이상 보지 않는 책들도 담았다. 공룡도감

이나 동화책들, 위인전집과 초등과학 학습만화 시리즈. 박스 세 개는 쉽게 채워졌다. 빈 박스 두 개를 더 가져와야 했다.

익숙한 방이 여기저기에서 무너져 내리며 눈앞에서 사라지고 있었다.

"이러다가는 내 방이 전부 플라스틱 박스 안으로 사라져 버리겠어."

나는 동화에 나오는 어린아이를 흉내 내며 말했다. 박스 다섯 개가 다 찼을 때, 시뮬레이션을 강제 종료시키는 것처럼 박스 뚜껑을 닫았다. 박스를 하나씩 들어 창고로 옮겨 놓았다. 방은 빈 곳이 많아졌다. 나는 청소를 시작했다.

청소기를 돌린 다음 구석구석을 걸레로 닦았다. 물건을 치우면서 생겨난 빈 곳에서는 특히 먼지가 많이 묻어났다. 청소를 해 본 사람은 안다. 청소는 아무리 해도 끝나는 게 아니다. 걸레로 닦아 내고 정리할 곳들이 쉼 없이 나타났다. 청소는 끝이란 게 없었다. 내가 스스로 끝내 주어야 했다.

나는 배가 고파서 청소를 끝냈다. 청소 도구를 제자리에 가져다 놓고 걸레를 빨아 건조대에 널었다.

머리를 감고 몸을 씻은 후 옷을 갈아입었다. 입고 있던 옷을 세탁기에 넣었다.

혼자서 저녁을 차려 먹었다.

나는 가족 단톡방에 순양예고에서 주최하는 전국중학생문예백일장에 신청서를 냈다는 사실을 알렸다. 글쓰기 연습을 위해 거실에 내놓은 컴퓨터를 다시 방으로 옮겨가도 좋겠는지 물었다.

잠시 후 엄마에게서 전화가 왔다.

엄마는 내게 전화를 걸기 전에 백일장에 대해서 검색을 해 본 모양이었다. 그렇게 얻은 사전 정보를 가지고, 내가 백일장에 참석하게 된 배경을 하나씩 하나씩, 차분하지만 치밀하게 물었다. 나는 사실대로 대답했다.

낮에 있었던 준비 모임도 상세하게 말해 주었다.

김한나와 강향아에 대해서도 말했다.

엄마에게 시시콜콜한 것까지 다 말하고 있자니, 어린아이가 되는 기분이었다.

"잘했네, 잘했어. 잘되었네."

엄마는 기뻐했다. 그렇지만 컴퓨터를 내 방으로 옮기는 것에 대해서는 반대했다.

"그 컴퓨터 네 방으로 가져가면 너 또 게임 시작하게 될지도 몰라. 게임에 빠지지 않을 자신이 있어?"

엄마가 물었다.

“없어.”

내가 대답했다. 이 대답은 편리한 대답이었지만 진실에서 멀어지는 대답이었다.

나는 게임 중독자가 아니었다. 지금도 게임에는 별 관심이 없다.

엄마가 걱정하는 나는 내가 아니었다. 엄마는 나와 상관없는 나, 아무리 봐도 매력이 전혀 없는 또 다른 나를 상상하면서 걱정하고 있는 것이다. 그렇지만 나는 그게 아니라고 엄마에게 설명할 자신이 없었다. 내가 나의 진실이라고 여기는 것과 엄마가 나라고 여기는 나 사이의 거리가 느껴졌다. 두 존재 사이의 거리는 비어 있으면서도 슬픔이 차 있었다. 나는 홀로 떨어져 나온 것이다.

★

설거지를 했다. 삼베 수세미는 물기를 꼭 짜서 건조대에 널었다.

문설주에 기대 놓았던 가방을 들고 방으로 들어갔다. 가방에서 원고지와 볼펜을 꺼내 책상에 올려놓고 가방은 의자에 걸었다. 의자에 앉았다. 집은 조용했다. 어디선가 팥알 한 알이 떨어지더라도 그 소리를 또렷하게 들을 수 있을 듯했다.

나는 김한나가 준 원고지에 김한나가 준 볼펜으로 글을 썼다. 다음 준비 모임에 써 가야 할 글의 글제는 나의 별명 '붉어지는 얼굴'이었지만, 그것은 나중으로 미루고 우선은 연습 삼아서 쓰고 싶은 대로 썼다.

모르는 사람은 불이다

-박수근(중2)

모르는 사람은 불이다. 함부로 나를 불러서 내 오른쪽 볼에 불에 그을린 상처를 남겨 놓았다. 그 사람이 내게 손을 댄 것이다. 불이 내게 옮겨붙었다. 밤에 나는 붉게 불타오르기도 했다. 나도 모르는 사이 다른 사람에게 불이 되고자 했다.

어둠을 밝혀 주는 불이었나? 음식을 익혀 주는 불이었나? 추위에 언 몸을 녹여 주는 불이었나? 도자기를 굽는 불인가? 쇠를 녹이는 불이란 말인가? 기도하는 사람 앞에서 제 몸을 태우는 촛불이라도 된단 말인가?

나는 내 마음에 드는 불이고자 한다.

볼펜을 내려놓았다. 마음에 들었다.

상태에게 전화를 걸었다.

"뭐 하냐?"

"아빠랑 양파 다듬는다. 왜?"

"통화 힘드냐?"

"괜찮아."

"괜찮다면, 내가 쓴 글인데 읽어 볼 테니 한번 들어 볼래?"

"벌써 썼냐?"

"너는 안 썼어?"

"난 이번엔 참가에만 의미를 두려고 해."

"아, 그렇구나."

"읽어 봐, 들어 줄게."

"아니, 다음에 하자."

"왜?"

"어차피 다음 준비 모임 때 들어 줄 거잖아."

통화를 하기 전에는, 누군가에게 내가 쓴 글을 읽어 주고 싶었다. 통화를 마친 다음에는, 글을 읽어 주지 않은 게 다행이라고 생각했다.

얼굴이 붉어졌을 거다.

★

　월요일 아침, 학교에 가기 위해 집을 나섰는데, 헛발질을 하는 것처럼 발걸음이 가벼워서 깜짝 놀랐다. 어깨도 가뿐했고 마음도 경쾌했다. 나는 휘파람 부는 연습을 하면서 학교로 갔다. 고개를 들고 느릿느릿 걸었다. 수업 시간도 졸리거나 지겹지 않았다.

　학교를 다니는 평범한 생활이 마치 바다에 떠 있는 빙산의 윗부분처럼 작아진 듯했다. 물 밑에 있어서 보이지 않는 빙산의 거대한 아랫부분을 내가 너끈하게 거느리고 있는 것 같았다.

　김한나, 김상태와 우리끼리만 아는 비밀을 공유하고 있는 것처럼 눈길을 주고받았다. 약속이나 한 것처럼 준비 모임에 대해서는 입을 다물었다.

　중간고사 결과를 엄마에게 이야기했다. 엄마는 내 예상보다 훨씬 더 기뻐했다. 얼굴 가득 함박웃음을 머금었는데, 엄마가 그렇게 웃는 모습을 오랜만에 보았다. 내가 시험을 잘 보아서 엄마를 기쁘게 해 드렸다. 내 성적이 나보다 엄마를 더 기쁘게 해 드린 거다. 그것으로 충분했다.

　상태는 여전히 장난을 잘 치고 여자아이들의 핀잔을 들으면서

재미있어 했다.

무슨 까닭인지 분명하게 알 수 없지만, 고개를 수그리고 걷는 내 습관이 고쳐졌다.

"글을 한 편 썼을 뿐인데."

혼자 중얼거렸다.

나는 내 모습이 마음에 들었다.

나는 다른 글도 쓰고 싶었다. 학교 갈 때마다 원고지와 볼펜을 가방에 넣었다. 혹시라도 쓰고 싶은 글이 떠오르면 바로 원고지를 꺼내 쓰려고 했다.

학교 끝나고 집에 오면 곧바로 가방에서 원고지와 볼펜을 꺼내 책상에 올려놨다. 그러나 더 이상 다른 글을 쓰지는 못했다. 책상에 앉으면 아무것도 떠오르지 않았다. 보이지 않고 알 수도 없는 무엇인가가 나타나 내 앞길을 막아서며 글을 못 쓰게 했다. 나는 그것을 뚫고 나갈 수 없었다.

'붉어지는 얼굴'

내 별명에 관하여 글을 써야 했지만, 결국은 쓰지 못하고 금요일 저녁이 되었다.

주어진 글제에서 벗어난 소재이지만, 쓴 글이 한 편 뿐이니 준비 모임에는 그것을 우선 가져가기로 했다. 만약 상태가 글을 써

오지 않았다면, 나도 쓴 글을 꺼내지 말자고 계획했다.

★

6월 7일, 토요일 오전 9시에 두 번째 준비 모임이 열렸다.

네 사람이 다시 모였다. 서로 나누는 인사는 짧았지만 다들 반가움을 숨기지는 못했다.

우리는 중요한 회의를 앞둔 것처럼, 바퀴 달린 의자를 뒤로 빼내며 자리에 앉았다. 내 앞에는 김한나가, 김한나 왼쪽에는 강향아가, 강향아 맞은편에 김상태가 앉았다.

김한나가 가방에서 원고지와 필통을 꺼냈다. 강향아도 가방을 열고 원고지와 필통을 꺼냈다. 강향아가 가방을 옆의 빈 의자에 옮겨 놓을 때, 길고 검은 머리카락이 물굽이처럼 한쪽 어깨를 넘어 흘러내렸다. 강향아는 일주일만에 보는 거라 더욱 반가웠다.

나도 강향아를 따라 원고지와 필통을 꺼냈다. 김상태가 글을 써 오지 않았으면 나도 쓴 글을 꺼내 놓지 않겠다던 계획을 깜빡 잊었다.

"상태 너는?"

김한나가 물었다.

상태는 주먹을 입 가까이에 대고 헛기침을 두 번 했다.

상태를 돌아보았다. 상태는 느릿느릿 부자연스러운 기지개를 켰다.

"안 써 왔어?"

김한나가 다시 물었다. 다그치거나 따지는 말투는 아니었다. 안 써 와도 된다는 듯 부드러웠다. 김한나도 나처럼 상태가 글을 써 올 리 없다고 여겼을까?

"왜 안 써 와? 써 왔지."

상태가 두 손바닥으로 책상을 탁 내려치며 말했다.

"와!"

강향아와 내가 동시에 탄성을 내질렀다.

"그럼, 지금 꺼내."

김한나가 말했다.

상태가 기지개를 켤 때처럼 느리게 가방을 책상에 올리고, 지퍼를 열고 한참 동안 안을 뒤적거리더니, 원고지와 볼펜 한 자루를 책상에 탁 꺼내 놓았다. 그런 다음 다시 지퍼를 닫고 가방을 의자 등받이에 걸었다. 그러는 내내 상태는 고개를 수그리고 있었다. 부끄러워했다. 낯선 모습이었다. 상태는 얼굴마저 붉히고 있었다.

★

제비를 뽑아 발표 순서를 정했다.

내가 첫 번째였다. 나 다음이 강향아 그리고 김상태, 마지막으로 김한나 순이었다.

긴장이 되어 입안이 말랐다. 손이 가늘게 떨렸다.

"물 좀 마시고 올게."

두 손을 바지 주머니에 찔러 넣고 자리를 박차고 일어나며 말했다. 얼굴이 달아오르기 전에 자리를 떴다. 동아리실을 나설 때 내 뒷모습에 신경이 쓰였다. 별일이 없는 것처럼 어깨를 펴고 느릿느릿 걸어 정수기 있는 데로 갔다.

물 세 컵을 마셨다.

주위를 둘러보았다. 아무도 없었다. 나는 정수기를 안아서 들어 올렸다. 정수기는 가벼웠다. 조심스럽게 정수기를 제자리에 내려놓았다.

자리로 돌아갔다. 내가 원고지 표지를 넘기자 아이들이 박수를 쳤다. 큼. 큼. 큼. 헛기침을 했다. 내가 쓴 글을 소리 내어 읽기 시작했다.

"모르는 사람은 불이다. 박수근."

시간은 정지되었다. 이 세상에 내가 쓴 글을 읽는 내 목소리만 존재하는 것 같았다.

글 읽기를 마쳤다. 아이들이 박수를 쳤다. 나는 고개를 들었다. 얼굴이 빨개졌을 테지만 신경 쓰이지 않았다. 아이들의 반응이 궁금했다.

"잘 쓴 글 같아. 어쩐지 슬프고 마음이 아파."

"숨은 뜻이 있는 듯한데, 그것이 무엇인지 전혀 모르겠어. 짐작도 못 하겠어."

"좀 어렵지만 멋있다. 근사해."

아이들의 모든 말을 다 옮겨 적지 못하지만 대략 이런 말들을 들었다. 시험을 잘 봤을 때보다 훨씬 더 기분이 좋았다.

★

라푼젤

-강향아(중2)

엄마

나는 어떻게 나가요?

쓸데없는 소리 말고

머리카락을 내려다오

엄마

나는 언제부터 여기 있었어요?

다 알 때가 있다

머리카락을 내려다오

엄마

나는 언제 밖으로 나가요?

머리카락을 내려다오

창틀에 새 한 마리 앉아 있네

나는 날개도 없으면서

이곳에 살고 있네

부디, 머리카락을 내려다오

우리는 박수를 치지 못했다.

강향아의 시는 무서웠다. 우리를 얼어붙게 만들었다.

"뭐야? 다들 왜 이래? 이건 그냥 시야!"

강향아가 웃으며 말했다. 원고지로 얼굴을 반쯤 가렸지만, 볼

이 붉어진 것을 다 가리지는 못했다. 나와 상태는 그렇다고 쳐

도, 김한나도 강향아를 따라 웃지 못했다.

"와! 잘 쓴 것 같아."

내가 말했다.

마음속에 있는 말을 다 하지는 못했다.

사실 나는 강향아의 웃음소리를 들으며 마음이 아팠다. 직접 말하지 못하는 일이 나한테만 있는 것은 아닐 터였다. 있는 그대로 다 말하지 못하는 지난 일에 대해서, 나보다는 강향아가 더 그 사실 가까이에 다가가 시를 쓴 것 같았다. 대단하다는 생각이 들었다. 그래서 잘 썼다고 말했다.

"왕자님 기다린다는 말 뺀 것이 마음에 들어."

상태의 말에 분위기가 바뀌었다.

김한나와 강향아가 함께 웃었다.

"향아의 시는 벼랑 끝에 선 것처럼 위태롭지만, 정직하게 느껴져. 나는 내 마음을 솔직하게 말하는 게 너무 어렵거든."

김한나가 말했다.

우리는 더 많은 이야기를 주고받았는데, 세상일을 다 말하거나 전부 글로 적을 수 없는 것과 마찬가지로, 우리가 주고받은 말을 다 전할 수 없어 안타깝다.

★

내 별명 발광 상태

– 김상태(중2)

내 별명은 발광 상태다. 내 친구 박수근이 지어 주었다. 처음에는 마음에 들지 않았다. 기분도 나빴다. 수근이에게 서운했다. 친구 별명을 너무 성의 없이 짓는 것 같았다. 어쩔 수 없이 받기는 받았다. 자체 발광. 이런 말이 있다. 수근이는 나를 칭찬하려는 마음이었을까? 내가 까불고 있을 때 여자아이들이 내 곁을 스치면서 속닥거렸다. "미친 거 아냐?" 나는 미친 사람처럼 굴면서도 이 말이 싫지 않았다. 발광이라는 말에는 두 가지 뜻이 있다. 스스로 빛나는 발광(發光)과 미쳤다는 뜻의 발광(發狂)이 있다. 금요일 저녁에 아빠가 나를 불렀다. 주방 청소를 도와달라고 했다. 나는 가스 불구멍 주변과 타일 벽을 닦았다. 광나게 닦았다. 수근이에게 서운한 마음도 닦였다. 기분이 다시 상쾌해졌다. 인생을 새로 시작하는 기분이다. 청소가 끝나고 책상으로 갔다. 이 글을 썼다.

"이상!"

상태가 원고지를 탁 덮으며 말했다.

박수 소리가 가장 컸다.

상태는 내게 서운했다고 썼는데, 듣는 나는 기분 나쁘지 않았다. 감동적이었다. 나는 박수를 크게 치고 가장 늦게까지 쳤다. 상태가 글을 썼다는 사실이 우선 감동적이었는데, 듣고 보니 나보다 더 솔직하게 자기 마음을 표현할 줄 아는 것이다. 나는 강향아 뿐만 아니라 상태도 나보다 글을 잘 쓴다고 판정했다.

김한나도 상태의 글이 좋다고 말했다.

"나도! 좋아!"

강향아가 한 손을 번쩍 들며 외쳤다.

우리는 다 같이 웃었다.

"미안하다."

나는 상태를 돌아보며 말했다.

상태가 씩 웃으며 고개를 수그렸다.

부끄러워하면서도, 아이들의 평가를 진지하게 듣고 있었다. 나는 붉어지는 상태의 옆얼굴을 보면서 고백을 하고 싶었다.

나는 네가 글을 써 올 거라고 예상하지 못했어.

나는 네 마음을 헤아려 보려고 노력한 적이 없었어.

이 고백은 상태가 자신이 써 온 글을 읽을 때 내게 떠오른 것이었다.

김한나와 강향아가 앞다투어 상태의 글을 평가하고 있었기 때문에, 나는 고백을 다음 기회로 미루었다. 상태도 지금은 내 고백 따위에 관심이 없을 테니까.

★

김한나의 차례가 왔다.

김한나가 원고지 표지를 넘길 때 잠깐 침묵이 머물렀다. 김한나의 손이 가늘게 떨리고 있었다. 천하의 김한나가 긴장을 다 했다.

"우리 중에서 내가 글을 제일 못 쓰는 것 같아."

김한나가 침통하게 말했다.

"야, 그럴 리가 있냐?"

김상태가 발끈했다.

나는 속으로 조금 놀랐다.

김한나는 늘 자신만만했다. 늘 맞는 말만 하고, 늘 올바른 쪽을 가리켰다.

“나는 늘 맞는 말만 하고 언제나 옳은 일만 하려 해. 그래서 나는 글을 못 써.”

나는 진짜 깜짝 놀랐다. 신기했다. 내게 떠오른 생각을 김한나가 말한 것이다.

“이상한 말을 다 하네.”

강향아가 김한나의 어깨에 손을 얹으며 말했다.

나도 무어라 위로하는 말을 해야 할 것 같았다.

그러나 너무 놀란 나머지 말문이 막혔다.

“아무튼, 읽어 볼게.”

잠시 후, 김한나가 말했다.

깐깐 한나

-김한나(중2)

친구들이 내 별명을 '깐깐 한나'라고 지어 주었다.

친구들과 헤어지고 혼자 집으로 돌아왔다.

"나는 지금 간신히 깐깐하게 존재하고 있다고!"

집으로 올라가는 엘리베이터 버튼을 누르며 낮게 외쳤다.

분통이 터졌다. 왜냐하면 집으로 들어가면 나는 거의 없기 때문이다.

엄마는 내가 문창과에 가는 것을 반대한다.

엄마에게는 나 아닌 다른 내가 있다. 의사가 되어 있는 미래

의 나다.

엄마에게 지금 나는 거의 없다.

그래서 불쌍한 내 방에 들어가면 아무도 없다.

박수 소리가 컸다.

웃지는 못했다.

김한나가 손등으로 눈물을 닦았다. 눈물이 너무 흘러나와서,
원고지 위로 투두둑 떨어졌다.

"괜찮아, 우리는 지금 이렇게 있어."

강향아가 김한나 쪽으로 얼굴을 가까이 하며 속삭였다. 한 손
으로는 김한나의 등을 쓸어 주었다. 김한나는 조금 더 울었다.

한 사람이 울고 있는데, 이상하게 그 모습이 슬프지 않았다.

좀 멋지게 표현하자면, 두 사람을 온화한 위로의 빛이 감싸고
있었다. 강향아의 위로가 내게도 전해졌다. 마음이 한없이 부드
러워지며 널리 퍼져나갔다.

　이 소설의 주인공 이름 박수근은, 후박나무를 뜻하는 박(朴)과 나무라는 뜻과 함께 근본이라는 의미도 가지고 있는 수(樹)와 뿌리를 뜻하기 때문에 근본을 내포하는 글자 근(根)이 모여서 이루어졌습니다. 씨앗 하나가 바닷가 언덕에 이르러 뿌리를 내리고 싹을 틔우며, 하늘과 우주를 향해 천년의 시간을 품고 자라나는 한 그루 후박나무와 같은 이름입니다.

　제가 박수근 이야기를 썼는데, 천년 후박나무가 해마다 떨군 나뭇잎들 가운데 어느 한 장 정도라고 여겨 주신다면, 부끄러움을 참으며 나뭇잎 한 장의 세계 또한 무궁무진한 법이라고 웃으며 말씀드릴 수 있겠습니다.

　이 소설은 초면의 편집자님을 만나면서 시작되었습니다. 편집자님이, 중학생이면서 남학생이 주인공인 소설을 써 달라고 제게 제안을 했는데, 저는 그분과의 이야기 자리가 좋아서 선뜻 그 제안을 받아들였지요. 그 자리에서 저는 한 소년의 기척을 느끼기도 하였습니다. 그러나 그 뒤로도 오랫동안, 남자 중학생의 세계로 들어서는 일은 쉽지 않았습니다. 문은 쉽게 열리지 않았지요. 저는 "모르겠어. 정말로 모르겠어."라고 중얼거리며 그 세계에 들어서기 위하여 여러 가지 노력을 하였습니다.

　"나는 진심으로 다른 사람을 때려 본 적이 없어."

　그러던 중, 무심코 걷던 거리에서 이 말을 들었습니다. 횡단보도를 막 건너 내 앞을 지나가던 중학교 남학생이, 그 곁을 걷는 친구에게 하는 말이었습니다. 이토록 진정(眞正)한 말을 하는 사람이라니요, 또 제가 그 말을 들을 수 있었다니요, 감사하면서도 마음이 벅찼습니다. 이 말이 마침내 제게 소설의 문을 열어 주었습니다.

　이 소설의 첫 발화자인 작은코도마뱀 하선영 편집자께 감사드립니다. 함께 어울려 책을 읽으며, 사람의 무늬(人紋)를 배우고 공부하는 장숙의 동무들에게도 감사드립니다. 이곳 선생님이신 철학자 김영민 선생님께 마음을 다해 감사 인사를 올립니다. 부족한 것은 모두 제 탓입니다. 부디, 박수근의 이야기가 여러 사람들로부터 인정받기를 기원합니다.

2026년 삼월

신현이

붉어지는 얼굴

초판 1쇄 발행 2026년 3월 25일

글 신현이 | **표지 일러스트** 서수연
편집 하선영 | **제작 영업** 박희준 | **디자인** 꽃 디자인
펴낸곳 작은코도마뱀 | **펴낸이** 하선영 | **출판등록** 제2023-000020호
주소 경기도 파주시 회동길 480 B동 541호
전화 031-942-1908 | **팩스** 031-946-1908 | **전자우편** lizardbook@naver.com
ISBN 979-11-93534-30-4 43810